犬と独裁者

鈴木アツト

而立書房

■登場人物

ミハイル・ブルガーコフ（1891年生・男）………劇作家、小説家。愛称ミーシャ
エレーナ・ブルガーコワ（1893年生・女）………ミハイルの妻
リュボフィ・ベロゼルスカヤ（1895年生・女）………編集者
ワルワーラ・マルコワ（年齢不詳）………モスクワ芸術座の文芸部長
ウラジーミル・ドミートリエフ（1900年生・男）………舞台美術家。愛称ヴォーヴァ
ソソ（年齢不詳）

第1場　1938年9月　モスクワ

ミハイル・ブルガーコフのアパート。下手に廊下へ出る扉、その横に来客用のソファーとミニテーブルがある。部屋の中央に書棚、そのやや手前に円形の食卓と椅子二脚。上手に台所と寝室へ続く扉、その横に電話台と書き物机、椅子が大小二脚。机の上には、書きかけの原稿が所狭しと置かれ、溢れんばかりになっている。

昼過ぎ。玄関のドアの鍵がガチャッと回る音。続いてギーッと、このドアが開き、リュボフィ・ベロゼルスカヤ（43歳）が、忍び足で入って来る。リュボフィは、部屋の中を懐かしそうに、ゆっくりと眺める。机の上に、恐らくそれは『巨匠とマルガリータ』であろう、ある原稿を見つけ、その一枚を手に取って読む。

ミハイルの声　「あなたを試してみたのだ」

リュボフィ、ドキッとする。自分の声が部屋の中で独特な反響を生んでいるような錯覚を覚えたのだ。

ミハイルの声　「どんなときにも、なにひとつ他人に頼んだりしてはいけません！　どんなときにも、なにひとつ、とりわけ自分よりも強い相手には。そうすれば、おのずと相手が手を差し伸べ、すべてを与えてくれることになる！　お掛けなさい、誇り高い女よ！[※1]」

電話のベルの音が鳴る。リュボフィ、その音を聞いて慌てる。書棚の後ろに隠れようとするが、自分が原稿を手に持ったままであることに気づき、戻そうとするが、足音が聞こえてきて戻せない。ソファーに原稿を置き、書棚に隠れる。エレーナ・ブルガーコワ（45歳）が部屋に入って来る。エレーナが電話を取ろうとすると、電話は切れる。

エレーナ　……

エレーナが首を傾げて、部屋から出て行こうとすると、リュボフィが物音を出してしまい、エレーナは立ち止まる。

エレーナ　ミーシャ？

エレーナ、用心しながら、書棚のほうに近づいていくと、

リュボフィ　（突然、現れて）エレーナ。

エレーナ　（驚いて）うわあっ！

エレーナ、尻餅をついて、驚く。

リュボフィ　久し振り。元気？

エレーナ　リュボフィ？

リュボフィ　やだあ。悪魔と目が合った、みたいな顔して。

エレーナ　何してるの、ここで？　どうやって……

リュボフィ　用事があって寄ったの。こっちだって勝手に入るつもりはなかったのよ。でも魔が刺したというか、（鍵を出して）昔の鍵で、まさか開けられるとは思ってなくて。

エレーナ　……

リュボフィ　私がこの部屋を出て行ってから鍵変えてないのね？

エレーナ　……

リュボフィ　部屋の雰囲気も変わってない。相変わらず机の上はグシャグシャ。妻としては整理したいけど、勝手にしたら怒られるのよね？

リュボフィは、勝手に入ったことをちゃんと謝ろうと思ったのだが、エレーナの全身が目に入ると、その美しさに嫉妬してしまう。

リュボフィ　ミーシャとは元気でヤってるの？

エレーナ　え？

リュボフィ　あら、下品な意味じゃないよ。夫婦で力を合わせて、よろしくヤってるのかって。

エレーナ　その言い方はやめて。

リュボフィ　心配なだけよ。私から彼を奪っておいて、すぐにうまくいかなくなったんじゃ、（自分の胸を押さえ）この胸が傷つき損だもん。

エレーナ　大丈夫よ。心配ご無用。私たち、うまくヤってるから。

リュボフィ　そう。で、ミーシャは？
エレーナ　今、目医者に行ってる。
リュボフィ　目医者？
エレーナ　最近、目が霞むらしくて、診てもらってる。
リュボフィ　そう。（クスと笑う）
エレーナ　（その笑いにイラっとして）どうかした？
リュボフィ　ミーシャが眼医者へ。韻、踏んじゃってる。ふふふ。ミーシャが眼医者へ。ふふふ、おかしい。

エレーナ、警察に通報しようと電話に近づくと、

リュボフィ　今日、ワルワーラがここに来るの！
エレーナ　ワルワーラ？
リュボフィ　会ったことあるでしょ？　モスクワ芸術座の文芸部長で元女優の、ワルワーラ・マルコワ。ミーシャに大きな仕事を依頼したいって。
エレーナ　芸術座がミーシャに仕事の依頼？　どんな冗談？　新作を書いては上演禁止の繰り

返しだったのよ？　ミーシャの作品を上演したいなら、（机の上を見て）ここにいくらでもある。勝手に持って行けばいいのよ。

リュボフィ　その大きな仕事にはスターリンの意向が強く働いているって。それでワルワーラは、作品を出版することも考えて、うちの社にも話を持ち掛けてきたの。「一緒にどう？　そして、ミーシャに断らせないで」って。

エレーナ　断ったら？

ドアベルの音。

リュボフィ　それはワルワーラに直接聞いて。

エレーナ、玄関へ。リュボフィはその隙に、ソファーに置いた『巨匠とマルガリータ』の原稿の一部を自分の鞄に入れる。

ワルワーラの声　お久し振り、エレーナさん。

エレーナの声　ワルワーラさん、どうぞ。

エレーナ、ワルワーラを連れて戻って来る。リュボフィ、何事も無かったかのようにワルワーラを迎える。

ワルワーラ リュボフィ・ベロゼルスカヤ。

リュボフィ お先、ワルワーラ。

エレーナ 私、お茶を淹れて来ます。

エレーナ、台所へ退場。

ワルワーラ 先に来てたのね？

リュボフィ 早く着いちゃって。アパートの入り口で待ってようかと思ったんだけど、外にいると誰かに見られてるようで落ち着かなくて。

ワルワーラ （恐怖をユーモアに変えて）黒い車が突然目の前に止まって、逮捕されたりして……

リュボフィ そう。噂じゃ粛清の対象が、共産党の幹部からインテリに移って来てるっていうし……いつ誰が捕まってもおかしくない。

ワルワーラ　この部屋では安全だった？　二人きりで。
リュボフィ　（意図がわからず）何が？
ワルワーラ　だってあなた……なんでもない。
リュボフィ　私が何？
ワルワーラ　なんでもない。
リュボフィ　（意図がわかって）私がまだミーシャのこと好きだって？
ワルワーラ　まあ、そういうこと。
リュボフィ　エレーナの顔を見ると、この爪でひっかきたくなる。
ワルワーラ　猫じゃないんだから。
リュボフィ　泥棒猫はあっちよ！　シャー。
ワルワーラ　落ち着いて。
リュボフィ　馬鹿。本気でひっかいたりしないよ。離婚したのはもう六年前。吹っ切れてます。
ワルワーラ　どうかしらね。
リュボフィ　ほんとよ。じゃなきゃ、ミーシャに会わなきゃいけないのに、なぜあなたを手伝ってるの？
ワルワーラ　（笑って）応援してあげましょうか？

リュボフィ　何を？

ワルワーラ　ブルガーコフは、作品を書くためにミューズを必要とする男。だから数年毎に妻を取り換えていく、そうじゃない？　一人目の妻とは、たしか十一年一緒だった。あなたとは？

リュボフィ　七年。

ワルワーラ　エレーナとは六年。つまり、そろそろってこと。

リュボフィ　私が返り咲けるって？

ワルワーラ　やり方次第では。

リュボフィ　やめてよ。

ワルワーラ　へえ。ミーシャの作品の中で活躍するのは、いつもエレーナでいいと？

リュボフィ　……

ワルワーラ　彼が新作を書く度に、そのヒロインのモデルとなるのは、あなたじゃなくて、エレーナになっちゃうけど。

リュボフィ　（怒って立ち上がり、ワルワーラを睨み）別に構わないわ。私はそんなこと求めてない。スターリンが望む、今回の作品をうちから出して、政府からの信頼を取り戻せればそれでいい。だから芸術座に協力してるの。

ワルワーラ　そうね。個人的な願いなんかよりも、まずは生きていく場所よ。あなたはあなたの出版社。私は……（私の劇場）。

エレーナがお茶を持って戻って来る。リュボフィ、ソファーに座る。エレーナ、ソファーに座る二人にお茶を出す。

ワルワーラ　エレーナさん、ミーシャは？
エレーナ　私がお話を伺います。私は彼の秘書でもありますから。
リュボフィ　秘書？
エレーナ　劇場との契約。原稿のタイプ。全て私が取り仕切ってるの。
ワルワーラ　なるほど。彼を支配しているってわけね。
エレーナ　この国では、誰かが誰かを支配するなんてできないわ。労働者階級が、ロマノフ王朝の独裁を打倒した国でしょ？

ワルワーラ、リュボフィの顔を一度見て、エレーナの方を向く。

ワルワーラ　同志スターリンが来年、六十歳の誕生日を迎えます。それはご存知ですか？

エレーナ　ええ。

ワルワーラ　モスクワ芸術座としても、同志スターリンのこれまでの功績に感謝を表したい。そこで劇団一丸となって、彼の半生を描いた評伝劇を創作したいと考えています。問題はこの戯曲を誰が書くか？

エレーナ　頭がおかしくなったんですか？　ミーシャにスターリンの評伝劇を？

ワルワーラ　ええ。ミハイル・ブルガーコフ以外にふさわしい作家はいません。

エレーナ　あの人は、他ならぬソビエト政府に出版も上演も止められている作家です。発表したくてもできない原稿が、（机を見て）ここに、山のように積み上がってる。

ワルワーラ　この戯曲が成功したら、状況は一変するかもしれない。

エレーナ　……。

ワルワーラ　ブルガーコフの戯曲が上演を許可されないのは、彼の戯曲が反革命的だからです。なら革命的な戯曲を書けばいい。

エレーナ　ミーシャは文学の正当な手法として、祖国を風刺しているだけです。

ワルワーラ　だからその祖国への風刺をやめればいいんですよ。

エレーナ　その風刺の切れ味こそが、彼なんです。彼を切れないナイフにしろと？

ワルワーラ　ナイフが料理人を傷つけるなと言ってるんですよ。その切れ味は、肉や野菜にだけ向かえばいい。

エレーナ　この話はお断りいたします。

ワルワーラ　ミーシャの才能はあなただけのものじゃないわ。

エレーナ　……

ワルワーラ　ブルガーコフの才能はブルガーコフのものでさえない。彼の才能は、全労働者のためにあるんです。

ミハイルの声　俺は書くよ。

ミハイル・ブルガーコフ（47歳）が、鞄を持って入って来る。

エレーナ　ミーシャ。

ミハイル　ただいま。（ワルワーラに）相変わらず、いい声ですね、ワルワーラ。廊下にも轟いてましたよ。

ワルワーラ　ありがとう。

ミハイル　早く俺が書いた、いい台詞を、あなたに言わせたいな。

ワルワーラ　私も同じ思いよ、ミーシャ。
ミハイル　リュボフィ、まさか君がこの部屋にいるなんて。
リュボフィ　お久し振り。
ミハイル　元気そうでなによりだ。さてと、これは正式な依頼だと思っていいんだよね？　ワルワーラ。
ワルワーラ　ええ。
ミハイル　いつまでに書けばいい？
ワルワーラ　夏までには。次のシーズンの始まりには間に合わせたいの。
ミハイル　ひゅー。まだ半年以上ある。余裕だな。
ワルワーラ　簡単な仕事ではないわ。あなたは、同志スターリンの天才的な個性と、その名前を口にする際に国中が味わうあの興奮を、観客に実感させなければいけない。
ミハイル　じゃあ、すぐにでも取り掛からなきゃ。ワルワーラ、リュボフィ、悪いけど、今日のところは……
ワルワーラ　必要な資料は芸術座が集めるわ。遠慮なく言って。では。

ワルワーラ、立ち上がって、

ワルワーラ　（右手を差し出して）よろしく。
ミハイル　（握手する）こちらこそ、よろしく。

ワルワーラ、リュボフィ、部屋を出て行く。

エレーナ　何を考えてるの？
ミハイル　怖い顔するなって。どうせこちらに選択肢はない。
エレーナ　でも……
ミハイル　待っていればまた革命が起きて、事態が好転するかい？
エレーナ　……

ミハイル、衝動的に、机の引き出しから拳銃を取り出す。

エレーナ　何するの？
ミハイル　エレーナ、俺はもう限界なんだよ。国外に脱出するか、自分自身を撃ち殺すか。

エレーナ　やめて。
ミハイル　でなきゃ、この波に乗るかだ。
エレーナ　意に沿わない戯曲を書くの?
ミハイル　上演されない戯曲を書き溜めるよりマシさ。それになんで意に沿わないって決めつける?　スターリンの評伝劇なんて面白いじゃないか。
エレーナ　あなたならわかるでしょ?　これはある種の罠よ。あなたが書きたいように書いたら……粛清される。でも、書きたいように書かなくても粛清される。スターリンはあなたらしさを求めながら、自分の真実を暴かれることは求めてない。
ミハイル　俺は綱渡りが好きなんだ。
エレーナ　今、危険を冒すよりも、(机に置かれた原稿を手に取り)『巨匠とマルガリータ』を完成させて……
ミハイル　(遮って)読まれない原稿なんて、ただのインクの染みだよ!

間。

エレーナ　評伝劇を書くには、対象を愛してなきゃいけない。違う?

ミハイル　……

エレーナ　あなたは、スターリンを愛せるの？

ミハイル　……（無言で頷く）

エレーナ　（腹が立って）私、知らないから。

エレーナ、ミハイルの拳銃を持って出て行く。

ミハイル　ふー。

ミハイル、鞄から別の拳銃を取り出し、それに話しかける。

ミハイル　俺は、独裁者を愛せるのか？

しかし、拳銃からは返事がない。

ミハイル　（やや大きな声で）俺は、独裁者を愛せるのか？

しかし、拳銃からは返事がない。ミハイルは書き物机の前の椅子に座り、自殺するための身なりを整える。ポケットに隠し持っていた銃弾を一個取り出し装填し、自分のこめかみに拳銃の銃口を当てる。

ミハイル　3、2、

書棚の閉まっている戸の奥から、吹雪の音がする。ミハイルは訝しく思い、銃を下ろし戸を開ける。するとそこには、小さく縮こまって隠れていたソソがいる。ソソは黒いロシア風のジャンパーを着て、首に赤いマフラーを巻いている。靴は長靴。

ミハイル　（驚いて）おおお。

ソソ　……

ミハイル、書棚の開いた戸にゆっくり近づきながら、

ミハイル　誰？
ソソ　僕は、ソソ。
ミハイル　ソソ？
ソソ　うん、ソソ。
ミハイル　……ここで何してる？
ソソ　隠れてる、見つからないように。
ミハイル　誰に？　誰から見つからないように？
ソソ　閉めてくれ。

ミハイル、唖然として動けない。ソソは手を伸ばし、戸を閉める。

ミハイル　……

ミハイル、戸を開け、

ミハイル　ここは俺の部屋だぞ？

目が合うソソとミハイル。

ソソ　スープを分けてくれ！

と言いながら、ソソは再び戸を閉める。ミハイル、唖然とするが、もう一度、戸を開ける。しかし、そこには誰もいない。

ミハイル　俺は夢を見ているのか？

吹雪が旋回して上昇していく音。短く暗転。冬の到来を感じさせる音楽。

第2場　ヴォーヴァのモノローグ

明転。冬。舞台美術家のウラジーミル・ドミートリエフ（39歳、愛称ヴォーヴァ）が、小さなスケッチブックと鉛筆を持って現れる。

ウラジーミル　画家や舞台美術家は、春、夏、秋、冬、季節を忘れてアトリエにひきこもり、机に齧りついてアイディアを練っている、とみんな思っているかもしれない。でも、エコール・ド・パリの画家たちなら、「カフェ」でスケッチブックを広げて街行く人々を描いてるだろうし、僕ならモスクワの公園のベンチに座って、スケッチブックを広げる。それで並木を見ながら、美術プランを考えるんだ。寒くないかって？　寒いよ。それがいいんだよ。だって冬のモスクワの公園で一時間も二時間も座ってらんない。早く思いつかなきゃってプレッシャーがすぐにアイディアを思いつかせるんだよ。思いつかなきゃ凍死しちゃうから。それにあの並木を眺めるのが好きなんだ。枝に雪が積もって、白と黒が絶妙なコントラストを織り成しているあの並木を。

ウラジーミルのモノローグの間に、空間は第3場の配置になる。

第3場　1939年1月　モスクワ

ミハイル・ブルガーコフのアパート。ロシアのクリスマス（主顕節）は、日本の新年と同じ時期。室内にはクリスマスツリーが飾られている。夕方。ミハイルとウラジーミルが、スターリンの評伝劇のタイトルについて話し合っている。少し離れて、リュボフィが座ってお茶を飲んでいる。

ミハイル　（考えていて、思いつき）起て、起て……『起て飢えたる者よ』！

ウラジーミル　うーん、あの歌から取ってくるのは。権力におもねりすぎてない？　君らしくない。

ミハイル　馬鹿。多少の目配せはしなきゃ。紳士がご婦人のご機嫌を取るが如く。

と言いながら、二人はリュボフィをチラッと見る。リュボフィと目が合いそうになると、二人は目線を外して会話の続き。

ウラジーミル　おべっかは危険だよ。君がスターリンに気に入られているのは、歯に衣着せぬ書き振りゆえなんだから。

ミハイル　うーん。（リュボフィをチラッと見て）『不快』、（ヴォーヴァに）いや、『不滅』。『不滅』はどうだ？

ウラジーミル　思わせぶりなだけでよくわからないし。タイトルとしていまいち掴まれないよ。

ミハイル　うーん。（リュボフィを意識して）帰れ、いや……『英雄、祖国へ帰る』。『英雄、祖国へ帰る』。

と言いながら、二人はリュボフィをチラッと見て、すぐ会話を続ける。

ウラジーミル　もう一つ、なんか、ひねりが欲しい。

ミハイル　（少し考えて）『ヘラクレス』、『ヘラクレス』はどうだ？　スターリンが権力を掌握するまでの過程を、ギリシャ神話の英雄の冒険に見立てるんだ。

と言いながら、二人はリュボフィをチラッと見て、すぐ会話を続ける。

ウラジーミル　危険すぎるよ、革命後の権力闘争を描くのは。

ミハイル　ヴォーヴァ。お前今、俺の歯に衣着せぬ書き振りが気に入られてるって言ったばっかだぞ？

ウラジーミル　限度はある。君の相手は普通の人間じゃない。

ミハイル　だから半神半人のヘラクレスをタイトルに……

ウラジーミル　向こうは、自分のことをゼウスだと思っているかもしれないよ？

ミハイル　ああ！　じゃあどうしたらいいんだよ。ヒントをくれ、ヒントを。

と言いながら、二人はリュボフィをチラッと見る。リュボフィと目が合う。

リュボフィ　ねえ？

ミハイル　ん？

リュボフィ　私、邪魔？

ミハイル　全然邪魔じゃないよ。なあ？

ウラジーミル　はい。全然邪魔じゃない。

リュボフィ　タイトル、決まらなさそうなの？

ミハイル　正直難航してるよ。何せ芸術座に頼んだスターリンの資料が、いくら待っても来ないんだから。資料が無いからどの時代を取り上げるか決められない。なのに題名について議論してる。これは長引くかもしれないなあ。

リュボフィ　ヴォーヴァは、打ち合わせはすぐ終わるって言ってたけど。

ウラジーミル　その予定だったんだけどね、長引くかもしれないなあ。

リュボフィ　ヴォーヴァは、どうせ実のあること話せないからちゃっちゃっと終わらせて、新年のお祝いだからって。ミーシャがクリスマスツリーを手に入れたから、君も一緒に来ないかって。

ミハイル　ヴォーヴァ！

ウラジーミル　ごめんよ！

リュボフィ　帰ったほうがいい？

ミハイル　（迷って）来たのに帰るのは……

ドアが開いて、エレーナが入って来る。

エレーナ　終わった？

リュボフィとエレーナ、睨み合う。

ミハイル　いや、中々決められない。これは長引くかもしれないなあ。
エレーナ　もう食事の時間よ。「晩餐」の準備はしないと。
リュボフィ　ミーシャ、帰ったほうがいい？
ミハイル　……
エレーナ　帰って。
ミハイル　エレーナ。
リュボフィ　ミーシャは「来たのに帰るのは」って。
エレーナ　来たのに帰るのは残念だけど、帰って。
ミハイル　新年なんだから……
エレーナ　（遮って）家族だけでお祝いしましょう。
ウラジーミル　あ、僕もいます。

エレーナ　ヴォーヴァは家族みたいなもんだもん。（リュボフィに）さ、
リュボフィ　何「さ、」って？　道端の枯葉を掃くみたいに「さ、」って？
エレーナ　「ふっ」ならいいわけ？　机の上の塵飛ばすみたいに「ふっ」って。
ミハイル　やめろって。
エレーナ　だって！
ミハイル　新年なんだよ。クリスマスなんだ。仲良く過ごそうよ。
エレーナ　今の妻は私よ。なんで過去の妻「だった」ほうを大事にするの？
ミハイル　いやいや、大事にしてるとかじゃなくて。
リュボフィ　ミーシャは新しいものよりも古いものを愛する男だ。『トゥルビン家の日々』も『逃亡』も、古き良き過去の時代を忘れられず、それにしがみついて生きようとし、そして、そして……敗れていく、敗北者たちの物語だ！（クリスマスツリーを見て、華麗な演技のつもりで）「クリスマス・ツリーが美しくないなんていう人間がいたら、この目で見たいもんだ！」[※2]
ミハイル　（エレーナに）こんなこと言われちゃ……
エレーナ　……
ミハイル　（エレーナを無理やり納得させるように）ありがとう。

エレーナ、部屋を出て行こうとする。

ミハイル　え？　怒ってる？

エレーナ　（振り返って、ニコリと笑い）全然。ヴォーヴァ、準備手伝ってくれる？

ウラジーミル　え？　僕が？

エレーナ　我が家の主人は過去を愛でるので忙しそうだから、あなたが手伝って。

ウラジーミル　はい。

エレーナ、部屋を出て行く。

ウラジーミル　エレーナのほうが政治警察（ＮＫＶＤ）より怖かったりして。

ミハイル　元はと言えばお前が！

ウラジーミル、逃げるように部屋を出て行く。二人きりになるミハイルとリュボフィ、気まずい間。

リュボフィ　ごめんね。
ミハイル　何が？
リュボフィ　勝手に来ちゃって。
ミハイル　……だ、だ、大歓迎だよ。
リュボフィ　目が泳いでる。
ミハイル　（自分の目を叩いて）真冬なのに困った奴らだ。
リュボフィ　（ミーシャに近寄って）書けてる？
ミハイル　（リュボフィから離れて）聞いてただろ？　資料が来ないから書けない。
リュボフィ　評伝劇じゃないよ。小説のほう、悪魔の小説。
ミハイル　何で知ってる？
リュボフィ　最初に思いついたのは私と暮らしてた時だよ。忘れた？
ミハイル　そうじゃない。今書いてるのを何で知ってるんだ？
リュボフィ　この間来た時に机に原稿が置いてあったから、ちょっと読んじゃった。
ミハイル　勝手に読むなって。
リュボフィ　ごめんなさい。偶々目にして、気になって。

ミハイル　……もしかして盗んだのも君か？

リュボフィ　え？

ミハイル　原稿の一部が見つからないんだ。いつからか。君とワルワーラがここに来た日ぐらいから。

リュボフィ　待ってよ。あなたも私を「猫」扱い？（爪を立てて）シャー。

ミハイル　いや、猫扱いはしてない。

リュボフィ　間違えた。「泥棒」猫扱い？（爪を立てて）シャー。

ミハイル　だって原稿が消えるなんてありえないだろ？

リュボフィ　……ひどい。（俯く）

ミハイル　ごめん。うん、誰も盗ってない。そうだよ、俺の片づけ方が悪いんだ。きっと自分で捨てちゃったんだな。それにもう一度書けばいい話だし。頭の中から消えてはいないんだから。

ミハイル、そう言って、机に向かい、すぐに書き始める。リュボフィの機嫌を取ろうと思って書き始めるが、すぐに執筆自体に没頭し始める。

リュボフィ　ミーシャ？

ミハイル　……

リュボフィ、静かに立ち上がって、邪魔をしないように、ミハイルが書いているところを覗き込む。ミハイル、自分が集中していたことに気づく。

リュボフィ　「原稿は燃えないものなのです」[※1]

ミハイル　いいフレーズが思い浮かんじゃった。

リュボフィ　すごいよね？　出版できない小説を十年も書き続けられるなんて。

ミハイル　出版できないって誰が決めた？

リュボフィ　できるの？

ミハイル　あの男が俺が書く評伝劇に満足してくれたら。雪解けは近いんじゃないか？　スターリンも気づき始めてるんだよ。戯曲や小説は、共産党員のためだけにあるわけじゃないって。そしてあの反体制作家ブルガーコフに赦しと救いを与えてやれば、スターリンは自らの度量の大きさを示すことができる！

ドアベルが鳴る。不安を煽る音楽が聞こえてきて、ミハイルは震え出す。

リュボフィ　どうしたの？

ミハイル　ドアベルが鳴った。

リュボフィ　うん。

ミハイル　政治警察（ＮＫＶＤ）だったら？

リュボフィ　雪解けは近いって今……

ミハイル　リュボフィ、俺は希望が欲しくて……

エレーナが台所から出てくる。ミハイルの様子を一瞬心配するが、ドアベルがもう一度鳴り、玄関へ応対しに行く。リュボフィは、ミハイルを慰めたいと思うが、それを邪魔するように、エレーナとワルワーラが入ってくる。

エレーナ　ミーシャ。ワルワーラが。

震えていたミハイル、拍子抜けして、尻餅をつく。

ワルワーラ　新年おめでとう、ミーシャ。（尻餅をついたミーシャを見て）どうしたの？　あら、リュボフィも。

ミハイル　（少し前の動揺を隠しながら、立ち上がり）いや、サンタクロースだと思ったら、あんただったから。

ワルワーラ　サンタクロース？　ロシアにいるのはジェド・マロースでしょ。どうしてあなたは、政府に聞かれたら困るようなことを敢えて言うの？

ミハイル、ワルワーラのコートを脱がしながら、

ミハイル　性分なのさ。どこまで敵に踏み込んでいいか、見極めるための。

ワルワーラ　（コートを脱がせてもらい）ありがとう。

心配そうにウラジーミルが入って来る。手にはテーブルクロスを持っている。

ワルワーラ　ヴォーヴァも？

ウラジーミル　新年おめでとう、ワルワーラ。

ワルワーラ　まさかこれから「クリスマス」を祝うわけじゃないでしょうね？

ミハイル　ただの新年のもみの木祭りさ。クリスマスは十年も前にこのソビエトでは禁止されて存在しなくなった。だろ？

ワルワーラ　劇場の仲間を秘密のパーティーに招待するのはやめてほしいわ。

ウラジーミル　僕が勝手に来たんだ。

ワルワーラ　そう。

ミハイル　心配しなくても誰も寄り付かないさ。ここは、いつ政治警察（ＮＫＶＤ）が踏み込んでもおかしくないところだからね。むしろワルワーラ、あなたが寄り付いてくれたことが嬉しいよ。一ヶ月に一度、監視するみたいに我が家に来る、茶飲み友だちになってくれたんだから。今日は何の用です？　まさか西側みたいにクリスマスプレゼントを届けに来たわけじゃないんでしょ？

ワルワーラ　やっと届いたわ。スターリンの資料。

ワルワーラ、持っていた書類鞄から書類を取り出し、ミハイルに渡す。

ワルワーラ　『一九〇二年のバトゥームのデモンストレーション』。
ミハイル　バトゥーム？
ワルワーラ　コーカサス地方グルジアにある港湾都市。古くはロシア帝国の石油を積み出す港だった。今は保養地としてのほうが有名だけど。
エレーナ　そこで昔、デモがあったの？
ワルワーラ　若きスターリンが、初めて組織したデモがあった。つまり革命家スターリンの処女作ってこと。

ミハイルが資料のページをめくると、ワルワーラの顔がやや暗くなる。

ウラジーミル　どうしました？　ワルワーラ。
ワルワーラ　ごめんなさい。ずっと要請していて集まらなかった資料が、今朝になって急に届いたから。
エレーナ　これは何かの罠なんじゃないかって？
リュボフィ　政府からの罠？
エレーナ　……

リュボフィ　考えすぎだと思うけど。

ウラジーミル　考えすぎですよ。だって一九〇二年なら、革命や内戦のずっと前が舞台になるんだから、ミーシャが革命や共産党政権を批判したと言われる心配はない。政府はいい妥協案を見つけたんだ。スターリンの若い頃を描く、いいじゃないですか？

ワルワーラ　民衆の暮らしを良くしようと努め、ロマノフ王朝（帝政ロシア）の圧制に抵抗していた若き革命家スターリン。

リュボフィ　そのイメージが罠？

ワルワーラ　だとしても書くしかない。（ミハイルに）傑作を書いて、ミーシャ。一年前にメイエルホリド劇場が閉鎖された。モスクワ芸術座はロシア演劇の最後の砦になってしまった。もう我々しか残されてない。でもうちの劇場は（革命以後、御用劇場に成り下がり、大した作品を生み出してない。という思いを呑み込んで）……あなたが必要なの。第二のチェーホフのあなたが。モスクワ芸術座を建て直して、ミーシャ。

ミハイル　（資料の表紙をじっと見て）一九〇二年、スターリンはいくつだい？

ウラジーミル　ええと、一八七九年生まれだから、二十三歳だ。

ミハイル　実は俺も二十代の最後、バトゥームにいたんだ。

ワルワーラ・ウラジーミル　え？

カモメの鳴き声と波の音が聞こえてくる。

ミハイル　あの内戦が終わった直後だった。俺はこれから新しいロシアで生きられるか、海を見ながら考えてた。あそこ、黒海に面してるだろ？　この国で生きられないなら……亡命するべきなんじゃないかって。船に乗れなきゃ泳いででも海を渡ってコンスタンティノープルへ。そこでなら。（向きをグルッと変えて）でも結局、進路を変えて北へ向かった。西ではなく北へ。モスクワへ。このモスクワで、物書きになるために。

エレーナ　スターリンもあなたも、人生の大事な一歩をバトゥームで踏み出したってこと？

ミハイル　そうなるな。

ワルワーラ　きっと傑作ができそうね。頼むわよ。

ミハイル　ああ。

ワルワーラ　私はこれで失礼するわ。もみの木祭りのパーティーではしゃぐのはほどほどにね。誰が聞いてるかわからないのだから。では、ごきげんよう。

ワルワーラ、部屋を出て行く。静寂。

ミハイル　さあ、あらためて新年をお祝いしよう。エレーナ、乾杯のワインを。
ウラジーミル　エレーナはずっと一人で準備してたんだ。ワインぐらい僕らが持ってくるよ。ね、
リュボフィ　え？
ウラジーミル　ミーシャ、これ、テーブルクロス。

と言って、ウラジーミル、リュボフィを連れて台所へ。二人きりになったエレーナとミーシャ。気まずい間。ミーシャ、テーブルクロスを広げ始める。エレーナ、それを黙って手伝い始める。

ミハイル　やっと資料が届いたな。
エレーナ　……
ミハイル　どの時代を描くかも決まった。
エレーナ　……
ミハイル　あとはタイトルだ。
エレーナ　……

ミハイル　『青春』……『青き春』はどう？　スターリンの青春時代を描くんだから。いや、青じゃなくて赤のほうがいいか。『赤き春』！

エレーナ　書けるの？　あんな薄い資料だけで。

ミハイル　並みの作家は資料で書く。一流の作家は想像力で書く。やってみるさ。明日にでも（テーブルクロスを掛け終えたテーブルを原稿用紙に見立て、ペンを走らせる仕草）書き始めようと思ってるんだ。書き始めたらすぐ読んでもらえないか？　相談できるのは君しかいないんだ。

エレーナ　……いいわ。

ミハイル　ありがとう。さあ、スープにオードブル、君が作ってくれたご馳走の数々を持って来よう。

ミハイルとエレーナ、台所へ。すると吹雪の音がする。書棚からソソが現れる。ロシア民謡『黒い瞳』のような滑稽な音楽。ソソは犬のように鼻をクンクンさせて、テーブルの端の椅子の上に体育座りで座る。ミハイルがオードブルの皿を持って入ってくる。

ミハイル　（ソソに驚いて）え？

ソソ　スープ？
ミハイル　オードブル。
ソソ　誰のスープ？
ミハイル　だからオードブルだって！
ソソ　スープを分けてくれ！
ミハイル　わあああ！

ミハイル、ソソに追いかけられ、二人はテーブルの周りを一周回る。

エレーナの声　ミーシャ、どうしたの？

エレーナがオードブルの皿を持って入って来る。

ソソ　スープ？
ミハイル　違うったら。
エレーナ　ミーシャ？

ミハイル　前にさ、変な男が出てくる白昼夢の話をしただろ？
エレーナ　うん。スープを欲しがる男の夢？
ソソ　誰のスープ？
ミハイル　その夢、今見てる。
エレーナ　え？

ソソは、鼻をクンクンさせながらミーシャに近づいていく。ミーシャ、片目を抑えてみるが、幻は消えない。反対の目も抑えてみるが、幻は消えない。

ミハイル　犬のような男……これは眼の病気なんだろうか？
エレーナ　また霞んでるの？
ミハイル　いや、どちらかと言うと、はっきり見えてる。

リュボフィがスープ皿を持って現れる。犬が耳をピンと立てるかのように、リュボフィを見つめるソソ。

ソソ　スープ！

ミハイル　あげるから、やめろ！

ソソ、リュボフィが手に持っているスープ皿に襲いかかろうとする。ミハイルは、それを先回りにして、リュボフィからスープを奪い、テーブルの中央に置く。ソソはゆっくりとスープを飲み始める。

リュボフィ　（ミハイルに）何するのよ？

エレーナ　夢を見てるのよ。

リュボフィ　夢？

エレーナ　ミーシャ、犬男はどう？

リュボフィ　犬男？

ミハイル　スープを飲んでいる。寒さに凍えながら。

エレーナ　何かを書かせてみたら？

ミハイル　え？

エレーナ　それが夢なら彼はあなたの分身。万年筆を渡してみたら何かを書くかも。

ミハイルは、自分の懐から紙と万年筆を取り出し、ソソのスープ皿の前に紙を置き、

ミハイル　お食事中すみませんが……

ソソはスープを飲むのをやめ、ミハイルの顔を見る。

ミハイル　これを。

ミハイルはソソに万年筆を渡す。

ソソ　ソーセージ？

ミハイル　違うよ。万年筆だ。

ソソ、万年筆の匂いを嗅ぐと、突然、紙に文字をゆっくりと書き始める。

ソソ　（字が書けたのが嬉しくて、笑う）へへへへ。
ミハイル　ははは。
ソソ　（字が書けたのが嬉しくて、笑う）ヒヒヒヒ。
ミハイル　ははは。
リュボフィ　何が起こってるの？
エレーナ　何かを思いついたのよ。

ソソ、もう一度、紙に何かを書き始める。徐々にそのペンの勢いは増していき、それに合わせて、ウーッと唸り出す。テーブルの右端から左端まで書き殴る。書き終えて、犬のように息を切らすソソ。

ソソ　ハア、ハア、ハア、ハア。
ミハイル　これは何の文字だ？　何て書いたんだ？
ソソ　神父様が言った。これは犬の言葉だ。
ミハイル　（皆に）神父様が言った。これは犬の言葉だ。
ソソ　いつまでも犬でいるんじゃない。ロシア語を覚えなさいって、あああ！

ミハイル　あああ！

と言って、ソソは書いた文字を黒で塗りつぶす。

リュボフィ　ミーシャ？

リュボフィは心配になり、ミハイルに駆け寄ろうとするが、エレーナが止める。

リュボフィ　え？

エレーナ　この人の思いつきを止めないで。

そこへ、ウラジーミルが戻って来る。ミーシャとエレーナとリュボフィの様子がおかしいのに気づき、状況を聞くウラジーミル。

ウラジーミル　ん？　何があった？

エレーナ　ミーシャが見てるの。

ウラジーミル　はい？
エレーナ　夢なのか、幻なのか。
ミハイル　ソソ、これじゃあ読めないよ。
ウラジーミル　ソソ？
エレーナ　犬男の名前。
ウラジーミル　犬男？
ミハイル　ソソ、お前の言葉を、もう一度書いてくれ。
ソソ　犬の言葉、使っていいの？
ミハイル　いいよ。

ソソは唸りながら書く。ミハイルは、ソソが書いたすぐそばからその文字を書き写していく。

ウラジーミル　ミーシャ、君が見ている幻の男は、ソソという名前なのかい？
ミハイル　ソソのことを知っているのか？
ウラジーミル　ヨシフ・ジュガシヴィリ……つまりソソは、若き日のスターリンの愛称だ。
エレーヌ・リュボフィ　（驚いて）スターリンの？

ミハイル　じゃあ、この男は……
リュボフィ　私、この文字見たことがある。これはグルジアの文字よ。
エレーナ　グルジア？
ミハイル　なんて書いてあるかわかるか？
リュボフィ　……職場にグルジア語の辞書があったはず。

短く暗転。ロシア民謡『黒い瞳』のような音楽。

第4場　リュボフィの幻想

明転。リュボフィが、外国語の辞書を持って立っている。


リュボフィ　私の父は言語学者でした。十三の外国語を覚え、いつも辞書を持ち歩いているような人でした。父さん、なんでそんなに外国語が好きなの？

（父の真似）より深くロシア語を知るためさ。

（リュボフィに戻り）ロシア語なんて私たち始めから話せるでしょ？　深く知る必要なんてないじゃない。

（父の真似）いや、外国語を学ばなければ、ロシア語を深くは理解できない。例えばなぜ、ロシア語の動詞には人称変化があるのか、お前はわかるか？

（リュボフィに戻り）わからないわ。

（父の真似）動詞の人称変化があると、主語を省略しても意味が通じる。つまり、主語を消し、主体を出来事の中に埋没させることのできる、ロシア語は霧のような言語なんだよ。

リュボフィのモノローグの間に、空間は第5場の配置になる。

第5場　1939年2月　モスクワ

ミハイル・ブルガーコフのアパート。夜十九時。机の前で原稿用紙に向かっているミハイル。うんうん唸りながら、書いては原稿用紙を丸める。ドアがガチャッと開く音。

ミハイル　リュボフィ？

コートを着たエレーナが外出から戻って顔を出す。

エレーナ　……

ミハイル　ごめん。

エレーナ　まだ来ないの？

ミハイル　約束の時間、大分過ぎてるんだけどね、あいつら何やってんだ？

エレーナ　リュボフィは時間がかかってるのよ。いくら語学が得意だって言っても、今まで知らなかった言葉を、辞書と首っ引きでゼロから翻訳してるんだから。一ヶ月でやれっていうのがそもそも……

ミハイル　あんなちょっとしか無いのに？

エレーナ　（呆れて）じゃあ自分で翻訳してみなさいよ。

ミハイル　ごめん。俺、焦ってて。早く書き上げて、禁止になっている他の作品もって……

エレーナ　あれがなきゃ書き進められないの？

ミハイル　夢が俺に何かを教えようとしている。ならそれに従うべきなんだ。こんなペチャンコの資料からじゃ産み出せない作品になるかもしれない。

ドアベルの音。

エレーナ　出てくる。

すぐに、ドアが開く音がして、

ミハイル　リュボ……

ウラジーミルとエレーナが部屋に入って来る。

ウラジーミル　（コートを脱ぎながら）ふー、暖かい。（温めようと手を擦りながら）ごめん、遅くなっちゃって。思ったより打合せが伸びちゃって、あれ、リュボフィは？

エレーナ　彼女も遅刻みたいなの。

ウラジーミル　あ、そうなんだ。じゃあ、もう少し遅れてもよかったか。

ミハイル　なんだよ、その言い方は。

ウラジーミル　ごめんって。いやぁ、今日の演出家、口下手な人でさ。こっちから突っつかないと、どういうことやりたいのか、全然見えてこない人だったから、時間かかっちゃって。「こういうのはどうですか？」って、その場でスケッチ何個も描（か）いて見せてたんだ。ほら。

ウラジーミル、手に持っていたスケッチブックを広げ、ミハイルとエレーナに見せる。ミハイル、ウラジーミルの美術プランのスケッチを見ながら、少しずつ不機嫌になっていく。

エレーナ　何の打合せだったの？

ウラジーミル　ソロビョフの新作の『陸軍元帥』、春の開演に向けて、二回目の美術打合せだったんだけどさ、正直言ってホンが弱いから、ふー。演出と美術で、なんとか見せられるところまで持って行かなきゃって思ってて、だから必死なの。

ミハイル　つまらないホンなら引き受けなきゃいいじゃないか。

ウラジーミル　そんな。そういうわけにはいかないよ。

ミハイル　（怒鳴って）上演すべきホンならここに溜まってる！

エレーナ　……怒鳴るのはやめて。

ウラジーミル　どうしたんだよ、ミーシャ？

ミハイル　（ウラジーミルに）ごめん。わかってるんだ。君が悪いんじゃないってことは……

ミハイル、二人から離れて、

ミハイル　劇場が恋しい。開演前のざわざわとした雰囲気。開幕ベルと共に訪れる静寂と暗闇。そして芝居は始まり、やがて……さざ波からうねるような大波に変わる、あの拍手の響き。劇場、劇場の全てが恋しい。なぜ俺だけ、あの光景を奪われなきゃいけないいんだ？

ウラジーミル、ミハイルの肩に手を置き、

ウラジーミル　取り戻せるよ。君なら取り戻せるから。

ミハイル　どこの劇場も、俺なんかいなくても上手く回ってる。ミハイル・ブルガーコフなんて作家は、最初からいなかったんだ。

ドアベルの音。

ウラジーミル　リュボフィじゃないか？

ミハイル　……

エレーナ、リュボフィを迎えに部屋を出て行く。

ウラジーミル　本当に書きたいものを持っている作家は、いなかったことにはされないよ。決して。

ミハイル　……

ウラジーミル　そんな作家の作品は、どんなことがあっても届いちゃうんだ。

ミハイル　誰にだよ？

ウラジーミル　みんなにさ。

ミハイル　（鼻で笑う）ふん……ありがとう。

リュボフィとエレーナが部屋に入って来る。

ミハイル　リュボフィ。

ウラジーミル　おお、待ってたよ。ミーシャと二人きりだと息が詰まる。

ミハイル　翻訳はできたか？

リュボフィ　出版社に勤めている「元妻」がいるなんて運がいいね。

と言って、リュボフィ、鞄から翻訳した原稿を取り出す。ミハイル、それを受け取ろうと手を伸ばすが、リュボフィ、原稿を持っている手を引く。

ミハイル　なんだよ？
リュボフィ　タダじゃ渡せないな。
ミハイル　はい？
エレーナ　私たち、お金無いの知ってるでしょ？
リュボフィ　じゃあ……（ミハイルを見つめる）
ミハイル　じゃあ？
リュボフィ　ウォッカを一杯。
エレーナ　いいわ。

エレーナ、部屋を出て行く。

ウラジーミル　なんだよ。ウォッカ一杯か。ミーシャを見つめながら言うから。また変なこと言い出すのかと、
リュボフィ　（しゃっくりをして）ヒュー、しゃっくりを止めて。ヒュック。ヒュック。
ミハイル　おい、大丈夫か？

リュボフィ　歳のせいか、ヒュック。時々、ヒュック。しゃっくりが止まらなくなヒュック。

ミハイル　そんな老化現象聞いたことないぞ。

リュボフィ　止めて。（しゃっくりが止まらなくなる）

ミハイル　う、うん。（ウラジーミルに）しゃっくりってどうやって止めるんだ？

リュボフィ　後ろから包み込むように……押さえつけて！

リュボフィ、ミハイルに背中を向ける。ミハイル、リュボフィに近づこうとしたところで、エレーナが入って来る。

エレーナ　何してるの？

ミハイル　いや、しゃっくりを止めてほしいって。

エレーナ　ったく。

エレーナ、後ろからリュボフィの腰に手を回し、ぎゅっと締める。

リュボフィ　（痛くて）ああ！

エレーナ　はい、止まった。（と言いながら、グラスにウォッカを注いで）

リュボフィ　痛いから！

エレーナ　（ウォッカのグラスを渡し）はい、ウォッカ。

リュボフィ、グラスを受け取り、グイッと飲んで、

リュボフィ　ほんとに私たちの間に入るのが上手い女。

エレーナ　早くあなたが翻訳してきたものを見せて。

リュボフィ、グラスをテーブルに置き、翻訳した原稿を読み始める。

リュボフィ　「朝。緋色の薔薇が花開く時、スミレもユリも目を覚ます。花たちよ、顔を洗うように、そよ風を浴びろ！　雲雀（ひばり）は空高く舞い上がり、ナイチンゲールは優しく微笑む。鳥たちよ、」

ミハイル、リュボフィから翻訳原稿を奪い、食い入るように見る。

リュボフィ　「雲を震わせるがごとく歌え！　ああ、麗しき土、イヴェリアの大地！」
エレーナ　これは詩？
リュボフィ　多分そう。
ウラジーミル　あのスターリンが詩を書いていたってこと？
ミハイル　俺が真実を夢に見たのなら。（リュボフィに）貸してくれ。

ミハイル、翻訳原稿をじいっと睨んでいる。

ウラジーミル　スターリンが詩を書いていたなんて、党の資料にはどこにも載ってないよ。本当なのかな？
ミハイル　俺の夢が嘘だって言うのか？
ウラジーミル　嘘っていうか、夢は夢だろ？　幻だ。
ミハイル　（断言して）奴は詩人だったんだ。若い頃は詩心があったんだよ。だから俺の『トゥルビン家の日々』を劇場に十五回も見に来たんだ。俺の作品を愛してくれてたんだ。
エレーナ　ミーシャ？

ミハイル　あの噂も本当なのかもしれないぞ。
ウラジーミル　あの噂？
ミハイル　スターリンは芸術家の粛清に関与してないって噂。政治警察（ＮＫＶＤ）が暴走していて、スターリンはむしろ止めようとしているって。
エレーナ　彼はこの国の最高権力者なのよ。たとえ政治警察が暴走しているのだとしても、スターリンにはそれを止められる力があるはず。
ミハイル　（遮って）スターリンを愛せって言ったのは君だろ？
エレーナ　愛せとは言ってない。愛せるのか？って尋ねただけ。

間。

ミハイル　ごめん、少し、一人にさせてくれないか。
エレーナ　ミーシャ……
ミハイル　疲れてるんだ。頼む。

エレーナ、ウラジーミル、リュボフィ、顔を見合わせて、釈然としない様子で去っていく。ミハイル、皆が出て行くと、力なく机に突っ伏す。

ミハイル （突っ伏したまま）これは俺が勝手に見てる幻なのか。

イヴェリア王国の春を感じさせる音楽が聞こえてくる。陽光が差し、蛙の鳴き声が響き始める。

ミハイル、顔を上げると、手に緋色の薔薇を握っている。

ミハイル 夜は眠れず、昼間に見てしまう夢なのか。

ミハイル、机の引き出しを開ける。するとその中で、スミレやユリが咲き乱れている。ミハイル、そのスミレやユリを取り出す。

ミハイル 「朝。緋色の薔薇が花開く時、スミレもユリも目を覚ます。」

ミハイルが詩を朗唱すると、部屋がグルジアの大地になる。

ミハイル　「花たちよ、顔を洗うように、そよ風を浴びろ！」

雲雀とナイチンゲールが歌う声がする。

ミハイル　「雲雀は空高く舞い上がり、ナイチンゲールは優しく微笑む。鳥たちよ、雲を震わせるがごとく歌え！　ああ、麗しき土、イヴェリアの大地！　君はグルジア人、学べ、踊れ、母なる国を喜ばせるのだ！」

蛙の鳴き声が一斉に騒ぎ出す。雲雀とナイチンゲールの声が、電話の呼び出しのベルの音に変わっている。

ミハイル　ああ、耳鳴りが……

ミハイル、頭を押さえながら、机の横にあった電話に出る。

ミハイル　もしもし。

スターリンの声　お久し振りです。同志ブルガーコフ。私の声を覚えていますか？

ミハイル　お久し振りです。スターリンさん。覚えていますとも。最後にお話ししたのは九年前です。一九三〇年四月十八日、あの時も窓から差す太陽の光が美しくて、よく覚えています。

スターリンの声　亡命したいというお手紙をあなたからもらって、そのお返事をお電話でしたんでしたっけねえ？

ミハイル　そうです。

スターリンの声　あなたはロシアに留まることを選んでくれた。嬉しく思っていますよ。

ミハイル　後悔しています。

スターリンの声　はい？

ミハイル　祖国を捨てるべきでした。

スターリンの声　（笑って）あれでよかったんですよ。作家は祖国の外で生きられません。

ミハイル　本当にそうでしょうか？

スターリンの声　……

ミハイル　少なくともこんな生殺しの状況になるのなら、試してみるべきでしたよ。亡命して、フランス語で戯曲や小説を書くことを。ラシーヌやモリエールとまではいかなくても、ソビエトの御用三文文士よりは才能を示せたはずさ。

スターリンの声　……

ミハイル　なんで会ってくれないんですか？

スターリンの声　会う？

ミハイル　会いましょう。ぜひ会わなければなりません、とあなたが言ったんです。

スターリンの声　もう会ってるじゃないですか？

するとペンとノートを持ったソソが、詩をつぶやきながら書棚から現れる。

スターリンの声　私はあなたと、特別な繋がりを感じていますよ。

ミハイル　同志スターリン、私が今、夢に見ているように、あなたは詩人だったんですよね？

この詩はあなたが書いてたんですよね？　同志スターリン。同志スターリン！

電話は切れている。

ソソ　切れた？

ミハイル　いや、むしろ繋がったのかもしれない。夢こそ俺の魂の劇場だ。夢が俺の影を俳優にし、俺自身が観客となるんだ。ソソ、君は俺の影なんだろ？
ソソ　僕は犬さ。犬コロさ。
ミハイル　誰が君を犬コロと呼んだ？
ソソ　（思い出したくないという仕草）……ロシア人が。
ミハイル　ロシア人？
ソソ　ロシア人の神父様が。
ミハイル　そうか、君は神学校に通っていたんだね？
ソソ　うん。神様とロシア語を学ぶために。でもソソ、ロシア語を覚えるのが下手だった。だからロシア人の神父様は……ソソを殴った。
ミハイル　ひどいことされたんだな。
ソソ　ふふふ、おかげで痛いの痛いの飛んでった。
ミハイル　どういう意味？
ソソ　ふふふ、学ぶんだよ、少しずつ学ぶんだ。「グルジア語は犬の言葉だ」。ロシア語の暴言に傷ついたら、僕は目を閉じる。そして思いつくままに、グルジア語の音を並べてみるのさ。（詩の朗読を始める）「敵」

ミハイル　「に裏切られたこの瞳を、」

ソソ　「煌々」

ミハイル　「たる満月だけが癒してくれる。たとえ、」

ソソ　「病」

ミハイル　「が僕を盲(めしい)にしても、」

ソソ　「月」

ミハイル　「が昇り、陽が昇り、」

ソソ　「光」

ミハイル　「が我が祖国を再び照らす。そして、」

ソソ　「希望」

ミハイル　「は蘇る。（詩の朗読、終わり）」

　ソソは、グルジア語の単語を一つ口にする度に、部屋の中に咲いたグルジアの花を摘んでいく。
　詩の朗読を終えると、手に花束を持っている。

ミハイル　これも君が書いた詩かい？

ソソ　うん、詩は鏡なんだ。鏡が僕に髭を剃らすように、詩を書いていると心が綺麗になる。

ミハイル　それも素敵なフレーズだね。

ソソが机の引き出しを開けると、中から枕が出てくる。

ソソ　そして詩は枕なんだ。枕が僕に夢を見せるように、詩を書いていると、会いたい人の夢を見る。

ミハイル　会いたい人？

ソソ　遠く北の国にいて、机の上で理想を謳（うた）う僕の友人。

ミハイル　もしかしてそれは、未来に住む俺のことなんじゃ？

ソソ、眠くなっている。枕を床に置き、横になる。

ミハイル　ソソ？

と言いながら、ミハイルも眠くなっている。床に背中をつける。

ソソ　見て。君と僕が若い頃に見た同じ星空だよ。コーカサスの、グルジアの、ビロードの帳と無限の星の海。

ミハイル　俺はこの星空を、あの内戦の時に見てたんだ。ほら、遠くで射撃の音がする。

射撃の音がする。

ミハイル　明日の命も知れぬ中、星だけが平和に瞬いてたっけな。

ソソ　僕はこの夜空を、

梟の鳴き声。

ソソ　梟の声を聴きながら眺めてた。神様は本当にいるんだろうか？　いや、いないような気がする。そんなことが頭を掠めた。だって「あなたの上着を奪い取る者には下着をも拒むな」って言ってるけど、イコン画の神様、フルチンじゃないじゃないか。

再び、射撃の音。

ソソ　瞼を閉じると、暗闇と眠気が波のように押し寄せて来るね。砂が地を這って積み上がるように、夜が一層二層と積もっていくね。

いつしか波の音も聞こえ始め、二人は眠りに落ちる。短く暗転。夢へと導く音楽。

第6場　ワルワーラの夢

明転すると、ワルワーラが立っている。

ワルワーラ　いつからか蟬（せみ）の夢を見るようになった。黒い殻に覆われた蟬の幼虫の夢。それは最初、劇場の楽屋口の前で震えていた。私は好奇心から、それを拾い上げ、掌に乗せた。するとそれは、鎌のような前足を震わせて、突然私の親指にしがみつき、叫ぶかのように私を見た。「衣裳が合ってないの！」（パンと、両手で夢の蟬を隠すように覆って）人に聞かれてはいけない気がして、私は逃げるように劇場に飛び込んだ。誰もいない楽屋に入って鍵を閉めた。掌を開くとそれは、いや、彼女はもう一度言う……「（震えて）ミミミミミ、衣裳がどうにも合ってない気がするの。なんかモゾモゾして、ねえ、これ脱いでしまいたい。私、内側に羽がある気がするのよ」。私は答える「あなたの内側に羽なんか生えてないわ。脱いだら、その役でさえ下りることになる。着たばかりだからよ。着ていれば馴染んでくるから」。彼女は答える「そうね。その通りね。でもいつも思うの。いつも思うのよ。いつも自分に合っていないものばかり着ているって」

ワルワーラのモノローグの間に、空間は第7場の配置になる。

第7場　1939年4月　モスクワ芸術座・文芸部長の部屋

燕（つばめ）のさえずりが聞こえる。昼過ぎ。

ウラジーミルの声　ワルワーラ？　ワルワーラ？

そこは、モスクワ芸術座のワルワーラの部屋になる。

ワルワーラ　はい？　どうした？
ウラジーミル　どうしたじゃないですよ？　立ち寝してますよ。
ワルワーラ　え？　あっ？　私寝てた？
ウラジーミル　初めて見ました。話してる途中に立ち寝する人。
ワルワーラ　俳優業で培った体幹がこんな風に役に立ってるのね。失礼。

腕等を伸ばして、身体を起こすワルワーラ。

ウラジーミル　大丈夫ですか？

ワルワーラ　大丈夫よ。頭起きた。さあ、続きをお願い。

ウラジーミル、少し疑いの眼差しを向けるが、

ワルワーラ　大丈夫だって。

ウラジーミル　ミーシャは、第一幕を神学校のシーンから書き始めることに決めたようです。
そして、物語の展開に合わせて舞台をバトゥームに。石油缶工場の労働者たちを組織し、
デモとストライキを計画するスターリンの活躍を描いていく構想みたいで……

ワルワーラ　じゃあ登場人物は……

ウラジーミル　三十人ぐらいになるんじゃないかな？

ワルワーラ　その内、女優の役は？

ウラジーミル　それが……今のところスターリンと恋をするかもしれない娘ナターシャ一人。

ワルワーラ　一人？　三十人登場人物がいて、女優一人しか出ないわけ？
ウラジーミル　工場労働者のデモの話ですから。

ワルワーラ、その辺にあった薄い布を頭に巻く。

ウラジーミル　何してるんですか？
ワルワーラ　グルジア娘に見えるにはどうしたら？と思って。
ウラジーミル　娘役で出るつもりですか？
ワルワーラ　少なくてもオーディションは受けたいわね。

ウラジーミル、笑う。

ワルワーラ　おかしい？
ウラジーミル　はい、今日はいつになく冗談を言うから。
ワルワーラ　本当に出たいのよ。ミーシャの最新作に。もう十年も舞台に立ってないから。
ウラジーミル　あなたは経営の才能がありすぎましたね。

ワルワーラ　そう、女優の才能は無かった。

ウラジーミル　いや、そうは言ってないですよ。

ワルワーラ　いずれにしろ女優は一人しか出ない、しかも若いの一人だけとなると、うちのバア女優たちがデモを起こすわ。我々のための役を書け！って。ミーシャにいくつか彼女たちの役も書くように伝えて。

ウラジーミル　わかりました。言っておきます。

ワルワーラ　美術はシンプルなものになりそうね。

ウラジーミル　はい、大掛かりなものにはならないと思います。

ワルワーラ　ありがたいわ。じゃあ今日はこんなところかな？

ウラジーミル　はい。

ワルワーラ、あくびする。

ワルワーラ　ごめんなさい。昼寝でもしようかしら。

ウラジーミル　……

ワルワーラ　ん？　どうしたの？

ウラジーミル　ワルワーラ、夜眠れてないんじゃ？

間。

ワルワーラ　あなたは眠れるの？

少し間があって、

ウラジーミル　（小声で冗談めかして）今のモスクワで夜眠れる人のほうが異常ですね。
ワルワーラ　粛清の嵐は収まりつつあるわ。今は蟬の幼虫みたいに土の下で過ごす時期。
ウラジーミル　ワルワーラ、この後、一緒に行きませんか？
ワルワーラ　どこに？
ウラジーミル　メイエルホリド、
ワルワーラ　（同時に）やめて。
ウラジーミル　メ、
ワルワーラ　やめてって。

ウラジーミル　僕は、メしか言わせてもらっていません。
ワルワーラ　そのメの先を言ってはいけない。
ウラジーミル　メイエルホリド先生のところに。
ワルワーラ　（同時に、そして、怒鳴る）やめなさい！
ウラジーミル　一緒に行きませんか？
ワルワーラ　……
ウラジーミル　……
ワルワーラ　何を考えてるの？　あなた、まだ彼と会ってるの？
ウラジーミル　いえ、会ってないから、会いに行きたいんです。
ワルワーラ　その「メ」の先にある言葉は、もはや演出家の名前じゃない。ロシア演劇の暗闇を表す隠語。「メ」は閉じておくの。臭い物には蓋を。暗闇には瞼を。
ウラジーミル　瞼を閉じても……暗闇が臭ってくる。血の臭いが。
ワルワーラ　鼻の穴も閉じなさい。
ウラジーミル　窒息してしまいます！
ワルワーラ　……
ウラジーミル　……

ワルワーラ　あなたはミーシャと親しくしているだけで、恐らく当局から目を付けられている。まして、あの人に会いに行くなんて自殺行為よ。

ウラジーミル　演劇仲間の誰もがそう思っています。だから先生は一人で戦わなきゃいけない。あの巨匠が。

ワルワーラ　この国にもはや年老いた巨匠は必要ないのよ。

ウラジーミル　先生はまだ六十五歳です。

ワルワーラ　あなたは共産党員じゃないから見てないわね？　先月の五年振りの第十八回党大会。

ウラジーミル　見てないです。

ワルワーラの耳に、『インターナショナル』の歌が聞こえてくる。

ワルワーラ　３３３人の党幹部の内、90％が新たに任命された。全員が四十歳以下。わかる？この数年間の大粛清は、ただの恐怖政治ではなかった。血の入れ替えだったのよ。自分以外の職業革命家を皆殺しにして、若い官僚国家を生むための帝王切開。そして唯一生き残った職業革命家スターリンが、新たなツァーリ（皇帝）として誕生するための儀式だったの。その証拠に、スターリンはあの軍服を復活させた。自分たちが倒したロマノフ王朝の、あのコサック兵たちの軍服を。なぜかって？　王様には王様にふさわしい軍隊が必要だから。民衆が思わずひれ伏したくなる衣裳を着た軍隊が。偽りの過去で着飾るためには、本物の過去を忘れさせなければならない、消し去らなければならない。あの人のこと、もう思い出してはいけないの。

ウラジーミル　先生を、使い終わったカレンダーみたいに、すぐに壁からはずしてゴミ箱に放り込めと言うんですか？

ワルワーラ　あなたを守るためよ。

ウラジーミル　先生がいなければ、僕もあなたも演劇をやっていないはずだ。

ワルワーラ　余計な動きをすれば、それこそ政府の目に留まるわよ。

ウラジーミル　……

ワルワーラ　私たちは、メ、メ、メ、メイエルホリドを見捨てたわけじゃない。静かに嵐が去るのを待っている、ただそれだけ。

ウラジーミル　モスクワの公園の並木は、帝政ロシア時代に植えられた並木です。革命の時代にも切られることなく花を咲かせ、このスターリンの時代にも人々に木陰を作っている。そして、空に向かってまっすぐとどっしりと立っている。僕はそういう者でありたい。

ワルワーラ　大事な点を見過ごしてるわ。木は喋らない。

短い暗転。鉄筋が軋むような、裏切りへの不安をざわつかせる音楽。

第8場　モスクワの街路

明転。第7場と同じ日。十五時頃。買い物姿のエレーナ、続いて、リュボフィが現れる。リュボフィは、エレーナを追いかけている。

リュボフィ　待ってよ。

エレーナは、立ち止まる。

リュボフィ　待ち伏せしたのは悪かった。でもあなたと話したかったから。昔友達「だった」人の話聞いて、お願い。

エレーナは歩き去ろうとする。リュボフィは買い物かごからビーツを取り出して、

リュボフィ　これあげる。仲直りのビーツ。共産党より真っ赤っ赤よ。

エレーナは立ち止まらない。

リュボフィ　（叫んで）プーシキンが転んだ！
エレーナ　はい？

リュボフィ、突然、「だるまさんが転んだ」のように、エレーナに背を向けて、

リュボフィ　プーシキンが転んだ。
エレーナ　（リュボフィに近づき、小声で）やめてよ、人が見るわ。
リュボフィ　はい、捕まえた。
エレーナ　……何これは？
リュボフィ　プーシキンはロシアの有名な詩人よ。
エレーナ　（いらついて）それは知ってるから。

リュボフィ　立ち止まってくれなかったから遊びを考えたの。プーシキンが転……

エレーナ　（リュボフィの口を塞ぐ）止まったでしょ、やめて。

リュボフィ　みーみゃももも、ままみまみも。

エレーナ　え？

エレーナ、リュボフィの口から手を放す。

リュボフィ　ミーシャのこと、話したいの。目の調子が悪いってのは聞いてたけど、あれは心が不安定というか、尋常じゃなかった。

エレーナ　作家には気が狂ったようになる時はある。

リュボフィ　あの日一日だけ？　あの後もああいうことが度々あったんじゃない？　突然、見えない犬男に話しかけて。かと思ったら、突然、笑い出して。

エレーナ　まるでずっと見ていたかのように言うのね？

リュボフィ　できるならずーっと、朝も昼も夜も夢の中ででも見ていてあげたい。あなただって一日中彼のそばについているわけじゃないみたいだし。

エレーナ　何？　自分の夫を監視してろって言うの？　政治警察（ＮＫＶＤ）のように？

リュボフィ　違うんだ。あの人またモルヒネをやってる。
エレーナ　はい？
リュボフィ　ミーシャが中毒だったのは知ってるでしょ？
エレーナ　何年前の話？
リュボフィ　またぶり返したのよ、きっと。
エレーナ　それはない。
リュボフィ　私はあなたが知らないミーシャを知っている。あれは白昼夢じゃなくて幻覚なんじゃない？
エレーナ　あの人がモルヒネ中毒だったのは、あなたと結婚する前。最初の奥さんと一緒に内戦を戦ってた頃でしょ？
リュボフィ　その後もあの内戦の経験が彼を苦しめ続けたのよ。軍医として夥(おびただ)しい死体を見た、狂気の四年間の後遺症。だってロシア人がロシア人と殺し合う姿を、目を逸らさず見続けたんだもん。
エレーナ　……
リュボフィ　知ってるの私。真夜中、隣のベッドで悲鳴を上げるあの人の姿を。戸棚から注射器を漁り、見つからないと酒瓶に手を伸ばすあの人の姿を。

エレーナは、リュボフィに背を向けて、歩いて行こうとする。

リュボフィ　（大声で）心配じゃないの？

エレーナ　（振り返って）私はミーシャを信じてるだけ。この（周囲を気にして小声になり）状況が苦しくて、彼がまたモルヒネに手を出してる？（笑って）馬鹿げてる。あなたはミーシャがそんな弱い人だって思うの？

ミハイル、部屋に入って来る。机の前に座る。

エレーナ　彼はスターリンを愛するために、

ソソが現れる。ミハイルと点対称の位置に座る。

エレーナ　自分の心の目でスターリンを見ようとしているだけ。そしてその心の目が、少年時代のスターリンが詩人だったってことを突き止めたの。

リュボフィ　そうね。そうかもね。でも念のため、本棚に薬を隠してないかはちゃんと調べて。万一の場合があるから。

エレーナ　……わかった。

エレーナ、去る。それを見届けて、反対方向にリュボフィ、去る。

第9場　1939年4月　モスクワ

第8場と同じ日。ミハイル・ブルガーコフのアパート。夕方。原稿用紙に向かっているミハイル。うんうん唸りながら書いている。ソソも床を机にして、詩を書いている。

ソソ　「この地上を亡霊のように、」

ミハイル、ソソが声に出して書くのに苛立つが、黙って書き続けている。ソソ、急に何かを思いついてドアの前に行き、部屋をうろうろ歩き回って、再び床を机にして書く。

ソソ　「彼は戸口から戸口へとさまよい歩いた。」

ミハイル　……

ソソ、再び、急に何かを思いつき立ち上がり、

ソソ　「手にリュートをしっかり握りしめ、」

ミハイル　……

ソソ　握りしめ！（激しく）ポロンポロンポロンポロン。ポロンポロンポロンポロン。

ミハイル　……

ソソ　「やさしくそれをかき鳴らした。[※3]」

ソソ、ニタっと笑う。

ソソ　ドクトル、どうでしょうか？　この出だし。

ミハイル　いいんじゃないかな。

ソソ　ですよね？

ソソ、再び床を机にして書く。

ソソ　「日の光に似た、」（ミハイルに笑顔を見せて）ニタっ！　ニタっ！「その夢のようなメロディーのなかに　人は真理そのものと、天の愛を直感できた。※3」（ミハイルに）ドクトル、どうでしょうか？　この展開。

ミハイル　ソソ、ドクトルはやめてくれよ。俺が医者だったのはずいぶん昔の話だ。

ソソ　でも、アタクシのグルジア訛りのロシア語を治してくれました。先生は言葉のドクトルでもある。おかげ様でアタクシ、今ではこんなに美しいロシア語も喋れるようになりました。

ミハイル　……

ソソ　外国語を覚えるということは、母語の檻から脱獄するということです。ロシア語がアタクシをグルジア語の檻から出して、美しい人間にしてくれました。

ミハイル　ソソ、君のロシア語が美しくなったのは嬉しいし、君が詩を書き続けてるのも嬉しいんだけど、ここは俺の仕事場なんだ。黙って書くことはできないかな？

ソソ　黙って？

ミハイル　……うん。

ソソ　できますが……

ミハイル　ありがとう。喋りながら書かれると俺が集中できなくてね。じゃよろしく。

と言って、ミハイルは机に向かう。ソソ、不満そうにミハイルの後ろに立つ。気のせいか、ソソの影が大きくなっていく。

ミハイル　え？　どうした？

ソソ　アタクシも机を使えますか？

ミハイル　え？

ソソ　言葉はきれいになったのに、書く姿勢がいつまでも犬みたいです。

ミハイル　でもこれは俺の机だよ。

ソソ　アタクシがグルジア人だからですか？

ミハイル　はい？

ソソ　グルジアの詩人には、机を使う資格はないと？

間。

ソソ　これは帝政ロシア時代から続く、グルジア人への差別ですか？

ミハイル　わかったよ。（席を譲る）
ソソ　ありがとうございます。

ミハイルは、床を机にして書く。ソソは机に書く。ミハイル、机に向かうソソを見る。

ソソ　見ないで。
ミハイル　え？
ソソ　見られると気が散ります。そっちはそっちで集中してください。
ミハイル　……

ミハイル、訝しがりながら、ソソの近くに行き、

ミハイル　なぁんか、おかしくないか？
ソソ　あんた疾（やま）しい精神科？
ミハイル　え？　いや、俺「元」、優しい性病科。
ソソ　おっと、自分を過大評価。

ミハイル　……（驚いて）なんじゃこりゃ？

ソソ　（振り返ってニヤリと笑い）「脚韻」です。言葉の足で、

ソソ、ミハイルの近くに行き、ミハイルの足を踏もうとしながら、

ソソ　韻を踏みました。

ソソ、足踏みする。何かを踏みつける快感を発見し、恍惚となりながら、

ミハイル　やめろって。

ソソ、ミハイルを押し倒すように迫り、思わずお尻をついたミハイルの頭を持ち上げる。

ソソ　「頭韻」についても教えてもらえませんか？

ミハイル　え？（恐る恐る聞く）共産党員のこと？

ソソ　共産党員？　それも詩の技法ですか？

ミハイル　詩の技法？　あ、頭に韻を踏む、「頭韻」のことね？

ソソ、ミハイルの頭にお手をする。ミハイル、それをさっと払う。

ソソ　はい。「脚韻」は覚えたんですが、「頭韻」がよくわからなくて。「ロシア人は怖ろしや」は「頭韻」ですか？

ミハイル　それはただの駄洒落だね。ソソ、「頭韻」を学びたければ……そうだ、

ミハイル、書棚から一冊の詩集を取り出して、ソソに渡す。

ミハイル　これは読んだかい？

ソソ　はい、プーチンですね。アタクシ、プーチン大好きです。

ミハイル　これはプーチンと読むんじゃないんだよ。プーシキンと読むんだ。

ソソ　プーシキン？　なるほど、ロシア語は「至近」距離で読まなくては間違いますな。

ミハイル　その顔はまだ読んだことがないな？

ソソ　ななな、ばれましたな。

ミハイル　プーシキンはロシアの国民的詩人だよ。ロシア人はプーシキンの作品の中に、自分たちの喜びや悲しみ、そして、理想を見出してきたんだ。プーシキンの詩は美しいだけじゃない。物を見る、眼差しが鋭いんだ。だから僕らの心を射抜く。そこに彼の詩の非凡さがある。なんていうかな、書く目を持っているというか。

ソソ　書く目？

ミハイル　そう、書く目だ。

ソソ　プーシキンは書く目を持っている。

ミハイル　君の故郷のコーカサス地方を詠んだ詩もあるはずだ。読んでみるといいよ。

ソソ　（詩集を広げて、驚く）ドクトル！　ここに「詩人に」という詩があります！　これはアタクシに向けての詩でしょうか？

ミハイル　違うよ。プーシキンは君が生まれるずっと前に死んでいる。

ソソ　でもこれは……（読み上げて）「詩人よ！　ひとの世のあまき取りざたにとらわれるな。」

ドアベルの音がする。

ミハイル　そのまま続けて。

ミハイル、エレーナを迎えに出る。

ソソ　「狂えるごとき称えの声もつかのまのざわめきにすぎぬ。うつけ者のそしりや」

ソソ、プーシキンの詩の響きを味わいながら、何かに導かれるように、ミハイルの机の引き出しを開ける。そして拳銃を取り出す。

ソソ　「つめたい衆愚のあざけりを聞くとも　おのが心をかたく　しずかに　おごそかにたもて。汝は帝王ゆえに」……帝王ゆえに？（気持ち良くなって）帝王ゆえに。

ソソ、銃の引き金を引く。銃声がソソの心にだけ響く。

ソソ　「報いは汝の心にひそむ※4」

エレーナ、続いて、エレーナのコートを持ったミハイルが入って来る。

エレーナ　ソソは元気にしてた？
ミハイル　見ての通りだ。
エレーナ　私には見えないのよ。
ミハイル　おっと、そうだった。ソソにはね、プーシキンの詩を読むように言ってたとこなんだ。どうだ？
ソソ　好き。
ミハイル　おお、そうか。
ソソ　もっとたくさん詩を書きたくなった。
ミハイル　もっとたくさん詩を書きたくなったたって。
エレーナ　あなたも負けないように書かなければ。今日はどっちを書いたの？
ミハイル　俺にとって、より大事なほうだよ。
エレーナ　『マルガリータ』ね？
ミハイル　うん。
エレーナ　……どうしたの？
ミハイル　『バトゥーム』がうまく転がり始めたのに不安が消えないんだ。

エレーナ　……

ミハイル　『バトゥーム』も他の戯曲も俺も、全部が消され、悪魔の黒魔術のように（指をパチンと鳴らし）後には何も残されないような気がしてきて。

エレーナ　……

ミハイル　（原稿を握り締め）残したい、これだけは。

エレーナ　残しましょう。

ミハイル　え？

エレーナ　二人の子どものような小説を。

ミハイルとエレーナ、見つめ合う。

ミハイル　今日書き直したのは、マルガリータが裸で空を飛ぶシーンだ。

エレーナ　そんなシーンあったっけ？

ミハイル　書き直したって言っただろ？

エレーナ　どんなシーンになったの？

ミハイル　ふふふふふ。

エレーナ　え？

ミハイル　ふはははは。

エレーナ　どうしたのよ？

ミハイル、自分の小説の登場人物マルガリータを演じながら、

ミハイル　「心ゆくまで笑いこけると、マルガリータはぴょんと跳びあがってバスローブを脱ぎ捨て、なめらかな油性のクリームをたっぷり掌につけて、全身の肌に勢いよく擦りこみはじめはじめた。身体はたちまち薔薇色に輝きだした。」よかったら、タイプしてくれないか？

エレーナ　裸で？

ミハイル　ソソ、ハウス！

ソソ　え？

ミハイル　ハウス！

ソソ　ワン！

ソソ、消える。二人見つめ合って笑い合う。それを邪魔するかのように、電話が鳴る。エレーナが電話に出ようとすると、

ミハイル 出るな。

エレーナ ……

ミハイル 誰にも邪魔させない。俺たちの今日は、俺たちのものだ。

音楽・ショスタコーヴィチの『ワルツ第2番』が流れ始め、電話の音を掻き消す。エレーナ、上着を脱ぐ。ミハイルが小説の文章を語り、エレーナがタイプしていく。ミハイル、手書きの原稿を読みながら、エレーナの残りの服を脱がしていく。

ミハイル 「クリームを塗りつけることで変わったのは外見だけではなかった。」

ミハイルがエレーナの靴を脱がすと、エレーナはタイプをしたまま、ミハイルを大きく蹴る。

ミハイル 「いまや内側にあるすべてのものに、身体のどの部分にも、まるで全身を刺激する泡

のような喜びがわきあがってくるのを覚えた。」

ミハイルはエレーナの上下の服を脱がす。

ミハイル　「誰にも束縛されず、いっさいのものから自由になったことをマルガリータは感じた。」

エレーナは下着姿になる。ミハイルは、一旦玄関の方へ向かう。リュボフィ、蝋燭を持って現れる。ミハイルは、リュボフィの前を彼女に気づかず通り過ぎて、

ミハイル　「マルガリータがドアを大きく開けると、逆立ちしたほうきが踊りながら寝室に飛びこんできた。」

ミハイルは、タップダンスを踊りながら、エレーナに突進する。

ミハイル　「ほうきは柄の先端で床の上で小刻みにステップを踏み、蹴りながら窓に突進した。

マルガリータは歓喜のあまり金切り声をあげ、」

エレーナ ヒャッホー！

エレーナ、笑いながら歓喜の声をあげ、ミハイルに跳び乗る。ミハイルが語る小説の文に合わせて、エレーナは脱がされた服を振り回す。

ミハイル「ほうきに跳び乗った。ここではじめて、ほうきにまたがったマルガリータは、どさくさにまぎれて一糸もまとわずにいたことに気づいた。急ぎ足でベッドに近づき、選り好みなどせず、最初に手に触れた水色のシュミーズをつかんだ。シュミーズをまるで旗のようにひと振りして窓から飛び出した。すると、庭で響いていたワルツまでがいっそう高らかに鳴りわたった。」

エレーナ、空を飛ぶ。ミハイルとリュボフィがエレーナの脱いだ服で風を作り、下着姿のエレーナが飛ぶような仕草。

エレーナ「永久にさようなら！　私は飛んで行くのよ」

ミハイル　「マルガリータはワルツの音を圧倒するほどの声で叫んだ。」

エレーナ　「私の姿は見えない、私の姿は見えない」

ミハイル　「とさらに大きな声で叫び、頬を打つ楓（かえで）の枝のあいだを抜け、門を越えて横町に飛び立った。マルガリータのあとを追うように、完全な錯乱状態に陥ったワルツも舞いあがった。」

ミハイルとエレーナの姿は闇に消える。

リュボフィ　「マルガリータの姿は誰にも見えず、自由である。姿は見えず、自由なのだ。[※1]」

リュボフィが暗闇の中で浮かび上がる。

第10場　リュボフィの夢

リュボフィ　ああ、胸がかき乱される。あいつらのセックスを想像して。ああ、胸が焼かれる。裸で空を飛ぶエレーナを想像して。（机の上に寝転んで）なぜ空を飛ぶのは私じゃなくて、エレーナなの？　なぜ自由なのは私じゃなくて、エレーナなの？

リュボフィ、机の上にあった『白衛軍』を取り出して開き、

リュボフィ　（読む）リュボフィ・ベロゼルスカヤに捧ぐ。リュボフィ・ベロゼルスカヤに捧ぐ！　『白衛軍』、この本は私に捧げられている。でも、今あの人と一緒にいるのは私じゃない。魔女のような女、エレーナ。

辺り、エレーナの笑い声が響く。リュボフィ、その笑い声を掻き消そうと手で宙を打つが、何

にも触ることができない。

リュボフィ　私は知っている。ミーシャには野心があることを。この悪魔の小説を世に問うこと。マルガリータという名前でエレーナが出てくる、この小説を。もしスターリンの評伝劇が成功してしまったら？　この愛の物語が永遠に残ってしまう。あの人がエレーナと溶け合うこの小説が。

リュボフィ、悪魔の小説の原稿を、蝋燭で燃やそうとする。ソソ、書き物机の引き出しから、クンクンと鼻を鳴らして出てくる。

ソソ　なんの臭いだ？

リュボフィ　誰？

ソソ　見えないけど聞こえる。あなた、誰ですか？

リュボフィ　見えないけど聞こえる。ソソちゃん、そこにいるのね？

リュボフィには、ソソは見えないが、ソソの声は聞こえるようになっている。ソソからもリュボフィは見えないが、声は聞こえる。

ソソ　ソソちゃん？

リュボフィ　恋は盲目、地獄耳。ミーシャのことを考える度に幻聴が聞こえる。嫉妬に狂った私の心が、地獄の番犬ケルベロスに糸電話を繋いだんだ。もしもし、ケルベロス？　私はあなたの飼い主の最愛の人、「だった」人です。

ソソ　もしもし、「だった」人？　それはつまり、あなたは死人ということですか？　だから見えないんですか？

リュボフィ　見えない地獄の番犬にさえ、見えないと言われるこの辛さ？　せめて、好きな人の視界には入りたい。でもあの人にとって私は透明人間。あああ！　ソソちゃん、あなた、人を呪い殺すことはできるの？

ソソ　ワタクシは、呪い殺すなんてことはできません。悪魔じゃないんだから。

リュボフィ　でもあなたには悪魔になる才能があると思う。だってあなたは……ケルベロスなんだから。人を殺したことはある？

ソソ　まだない。

リュボフィ　でもこれからあるの？

ソソ　この手で人を殺すなんて想像しただけでも身震いします。ブルブルブル。

ソソ、犬のように体を震わす。

リュボフィ　その手を使わなければいいのよ。

ソソ　じゃあどの手を使えば？

リュボフィ　誰かの手。あなたは命令するだけ。

ソソ　この臭い、この炎の臭いが、俺に何かを命令する。

燃え上がる炎の音。エレーナ登場。入れ替わるように、ソソとリュボフィ、退場。

第11場　エレーナのモノローグ

エレーナ　ロシアの花は、雪を火薬にして自らの命を燃やす。春、一斉に燃え上がるように芽吹き、四月、五月、六月と、花たちは時を忘れたように燃え続ける。

電話が鳴る。

エレーナ　ミーシャも毎日、時を忘れたように書いています。朝、日が昇ると『バトゥーム』を書き始め、夕方、日が沈むと『巨匠とマルガリータ』を書き始めます。まるでスターリンには太陽が似合い、マルガリータには闇が似合うかのように。

受話器を取るエレーナ。

ウラジーミル（現れて）『バトゥーム』を書くミーシャの姿を眺めながら、僕らが誰かに命令されることなく作品を創ったら、どこまで飛んでいけるんだろうと、思わずにはいられなかった。

ワルワーラ（現れて）夢は我らに楽しみよりも苦しみを味わわせる。眠りが拷問に化けた時、我らは一人では立っていられない。

リュボフィ（現れて）気がつくと私はミーシャの作品を呪っていた。離れていた二人の歳月が、呪いなんかで埋められるはずないのに。どうしたらあの日々を忘れられる？　あなたを助け、一生懸命に支えたあの七年間を。

第12場　モスクワの街路

明転。日が沈む直前。リュボフィ、続いて、スケッチブックを持ったウラジーミルが現れる。

ウラジーミルは、リュボフィを追いかけている。

ウラジーミル　リュボフィ、待ってよ。なんで逃げるの？

ウラジーミル、リュボフィの前に回り込んで、

ウラジーミル　意味がわからないよ。突然訪ねて来て、私の絵を描いてほしいって頼んできたのに……それで描(か)いてたら突然出てっちゃうんだから。

リュボフィ、ウラジーミルのスケッチブックを奪い、開いて、

リュボフィ　これ、私なの？

スケッチブックの中には、図形で描かれたリュボフィの絵。

ウラジーミル　僕は構成主義の美術家だ。でも君の本質は捉えているはずだよ。その絵、君に捧げるから、

リュボフィ　（遮って）あの人だったら、もっと素敵に私を……

ウラジーミル　あの人？

リュボフィ　……

ウラジーミル　僕はミーシャじゃない。

リュボフィ　飛べないから。

ウラジーミル　え？

リュボフィ　（しゃっくりして）ヒュック。あなたと一緒にいても私飛べないから！　ヒュック。

ウラジーミル　……僕は合うと思ってた。

リュボフィ　ヒュック。

ウラジーミル　君の丸顔に、僕の三角顔が。
リュボフィ　形？
ウラジーミル　他に何を信じればいいんだよ？
リュボフィ　ヒュック。あなたはミーシャじゃなかった。
ウラジーミル　ごめんよ。僕がミーシャじゃなくて。

ウラジーミル、来た道を帰っていく。

リュボフィ　誰か、ヒュック、私のしゃっくりを、ヒュック、止めて！

リュボフィ、走り去る。短く暗転。

第13場　1939年6月　モスクワ芸術座・文芸部長の部屋

第12場と同じ日。日が沈む直前。モスクワ芸術座のワルワーラの部屋。エレーナ、ワルワーラに前に進む。エレーナは良心の呵責を感じ苦しんでいる。

エレーナ　私はなぜここにいるのでしょう。

ワルワーラ　(冗談めかして) 罪を懺悔しに。

エレーナ　でもここは教会ではないし、あなたは神父でもない。

ワルワーラ　そう。だから私に誰かを救う力はないわ。私にできることはただ、聞くだけ、あなたからの報告を。

エレーナ　密告を、ではなく?

間。

ワルワーラ　あなたは夫の健康状態を伝えてるだけよ、それが密告？

エレーナ　私はあのスターリンの評伝劇の仕事が、政府が与えたまやかしの仕事だと知っています。

ワルワーラ　……

エレーナ　殺された作家は、より危険になる。「これは処刑された詩だ、小説だ」と大衆が騒ぎ始めれば、そのテキストは何倍もの大きさで木霊し、やがて体制を崩す大地震にさえなりかねない。だから政府は反体制の作家を自殺させないために、本人には気づかれないやり方で管理する方法を編み出した。

ワルワーラ　よかったじゃない。私たちがうまくやったからこそ、ミーシャは一時期に比べ、精神的に回復したわ。もう自殺を仄めかすこともなくなったんでしょ？

エレーナ　はい。

ミハイルが舞台上に現れる。

ワルワーラ　この間、一人で散歩してるミーシャを見かけたわ。春のプーシキン広場の並木を、慈しむようなまなざしで眺めていた。

エレーナ ……

ワルワーラ 希望が彼を救ったの。自分はこの国の最高権力者に愛されているのだと。そして自分の芝居も再び上演できるかもしれないと。

エレーナ でも実際にはその希望が叶うことはない。

ワルワーラ 生きていれば、いつか嵐は過ぎる。

エレーナ なぜ「私」は魔女として描かれているんでしょうか？

ワルワーラ どういう意味？

エレーナ ミーシャが書いている悪魔の小説の中で、ヒロインのマルガリータは、悪魔たちの要求を呑み、魔女となって恋人の作家を救うんです。

ワルワーラ つまり、あなたが悪魔の手先になって活躍してるってわけ？

エレーナ そうです。ミーシャの想像力が、私の正体をも暴こうとしてるのかもしれない。

ワルワーラ 恐ろしいわね。作家の想像力とやらは。でもだからこそ私は、その想像力に鍵をかけなければならないの。これ以上、作家を殺させないために。

エレーナ そして劇場を潰させないために？

ワルワーラ 好きなように言いなさいな。もう心を痛める段階は過ぎた。私は決めたの。美し

く死ぬ芸術家なんて必要ない。芸術は残ってこそ芸術なのよ。たとえ、どんな腐臭が漂
ようとも、私はこの劇場を墓場には入れない。

短く暗転。

第14場　ミーシャのモノローグ

ミハイル　物を書くってのは、髭を剃るようなもんだ。毎日何かを書いてないと、（頬を触り）ここが落ち着かない。書かないと、

ミハイルは鏡の前に立つ。

ミハイル　鏡の向こうの自分に失礼な気がする。たとえ、誰とも会わない日でも……正直言って、誰かとよく会っていた日々が、もう遠すぎて思い出せない……でも……もし、この世界にいるのが自分一人きりだったとしても、

ミハイルは机の前に座る。

ミハイル　俺は毎日、鏡を見ながら髭を剃りたい。もしこの世界にいるのが自分一人きりだったとしても、自分という読者のために、「今日」を書きたい。俺たちの国には「今日」がない。頬ずりしたくなる懐かしい「過去」はあり、微(かす)かに残された希望の「未来」はある。でも今ここを、全身で、夢中になって生きられる「今日」がない。ここでは「今日」は監獄に繋がれている。太陽から隠されて色を奪われた灰色の時間。こんな偽りの平等と、不満足な幸福を生きるんじゃなくて、俺は本当の「今日」と会いたい。本当の「今日」を生き、本当の「今日」を書きたいんだ。

ミハイルのモノローグの間に、空間は第15場の配置になる。

第15場　1939年6月　モスクワ

ミハイル・ブルガーコフのアパート。午前十一時頃。鳥のさえずりが聞こえる。机の前で座っているミハイル。その傍らに立ち、戯曲『バトゥーム』を朗読しているウラジーミル。劇中の、逮捕される直前のスターリンの台詞を読んでいる。

ウラジーミル　「いいか、奴らは私の所へ急ぎの使いを送ってきた。それでバトゥームから去るように説得した。連中が言うには、ここバトゥームで、戦いは、非合法の活動は不可能だと。なぜかと尋ねると、労働者が無知蒙昧で、加えて通りが明るいから、全てが手に取るように分ってしまうと言うのだ！　馬鹿も休み休み言うがいい！[※5]」

ミハイル　ストップ。

ウラジーミル　……どうした？　何か問題でも？

ミハイル　いや、なんでもない。

ウラジーミル　変だよ。気分でも悪い？

ミハイル　いや、そうじゃない。台詞が……なんか単調に感じる。

ウラジーミル　そんなこと言われてもなあ。僕は俳優じゃないし、これをアレクセイ・トゥルビンを演じたニコライ・フメリョフが読めば名台詞になるって。

ミハイル　（怒鳴って）違うんだ！

ウラジーミル　え？　ごめん。

ミハイル　……俺のほうこそごめん。また怒鳴って。なんか、人物の描き方が……気に入らない。

ウラジーミル　そんなことないって、よく書けてるって。

ミハイル、ウラジーミルから原稿を取り上げて、クシャクシャに丸める。

ウラジーミル　何するんだよ？

ミハイル　もう一度、ゼロから書き直したい。

ウラジーミル　おい、これはクライマックスの場面だよ？　何か月もかけてここまで書いて来たのにゼロから？　シーズンの開幕まで三か月を切ってるんだ。

ミハイル　（遮って）頭は……冒頭だけは好きなんだ。まだ自分が英雄になるとは知らない神学校の生徒スターリンが、学校を放校となるくだり。そこはいいんだけど……この戯曲の主人公には、陰がない。陰がないから、まるでマネキンのようで、血が流れていない人物のようなんだ。ああ、どうすりゃいいんだ。

ソソの声　なら血を流せばいい。

ミハイル　……

ウラジーミル　どうした？

ミハイル　くそっ。やっぱり若きスターリンが詩を書いている場面を入れて……

ウラジーミル　（急に厳しく遮り）ダメだ。

ミハイル　え？

ウラジーミル　話しただろ？　ある共産党幹部のごますり野郎が、グルジア時代のスターリンの詩をロシア語に翻訳して出版しようとしたら、それを耳にしたスターリンが、その詩集の出版を禁じたって。

ミハイル　……

ウラジーミル　スターリンは、自分が詩を書いていたことを国民にあまり知られたくないらしい。そんな場面を入れたら、きっと上演できなくなるぞ。

ミハイル　でもこのままじゃ、英雄ではなくただの凡庸な男だ。
ソソの声　血を流せば、本物の英雄になれる。
ミハイル　ソソ、何を言い出すんだ？
ウラジーミル　ミーシャ？
ソソの声　あんたが言ったんだ。血が流れていない人物に、血を流させろと。
ミハイルの声　俺はそんなこと……
ソソの声　言った！
ミハイル　ああ。

ミハイル、目を抑える。

ウラジーミル　どうした？
ミハイル　痛い。痛い。痛い。痛い。
ソソの声　君の心の目が見たいと言ってるね。俺の隠された物語を。血を流し、英雄の一歩を踏み出した物語を。
ミハイル　う、う、ううう、

ミハイル、ソソの声に操られたように物語を書こうとする。しかし、ウラジーミルがミハイルの手を押さえ、それを止める。

ミハイル　ヴォーヴァ？

ウラジーミル　ミーシャ、それ以上、真実へと筆を走らせちゃダメだ。（静かに告白する）僕は君の見張り役なんだ。

ミハイル　君は何を言ってるんだ？

ウラジーミル　誰もが君に傑作を望むと言いながら、誰もが傑作が書かれることを恐れている。君の想像力が、スターリンの過去を暴くことに怯えてる。みんながわかってるからだ。そこそこの作品であれば、君も他の仲間も命を奪われない。

ミハイル　でもワルワーラは芸術座を立て直したいって。

ウラジーミル　僕に君を見張らせているのはワルワーラだ。

ミハイル　……芸術座の連中は、実は駄作を望んでたってのか？

ウラジーミル　駄作じゃない。安全なホンをだ。蟬の幼虫のように、このひどい季節をやり過ごせるホンをだ。

ミハイル　君たちは本当に芸術家なのか？
ウラジーミル　だって、メ、
ミハイル　え？
ウラジーミル　メ、
ミハイル　おい、どうした？
ウラジーミル　いつの間にか僕も、このメの先を言えなくなってる。勇気の瞼が閉じたみたいに。
ミハイル　もしかして、メイエルホリドに何かあったのか？

監獄の鉄の扉が閉まる音。

ウラジーミル　そう、先生は逮捕された。口にするのも怖くて言えなかったけど、先生は昨日逮捕された！

誰かが拷問に耐える苦痛の声がする。

ウラジーミル　また臭いがする。暗闇の血の臭いが。この先は見なくてもわかる。彼はルビャンカのあの地下室に連れて行かれて、拷問の末に銃殺される。ミーシャ、君もそうなりたいのか?

ソソの声　ミーシャ、「メ」を捨てるのか?　見たくはないのか?

ミハイル　俺は、自分の「書く目」を捨てられない。

ウラジーミル　ダメだって!

ミハイル　見たいんだ。あの男がどうして詩人ではなく、独裁者の道を選んだのか。詩を愛したはずのあの男の行き着く先を。

音楽。ミハイルが、ウラジーミルの制止を振り切って、原稿を書き始めると、ソソがレーニンの帽子とアジビラの束を持って登場。

ソソ　クンクンと鼻を鳴らせば、炎の臭いがするね。

ミハイル　ソソ。

ソソ　この臭いが俺に何かを命令する。オラッ!

ソソはウラジーミルを放り投げて退場させる。

ソソ　ドクトル、この劇の続きは俺とあんたの二人で書こう。ソビエト連邦を俺とあの人の二人で書いたように。

ミハイル　あの人？

ソソ　遠く北の国に亡命し、机の上で理想を謳う俺の友人。

ミハイル　君の会いたい人は俺、

ソソ　あんた以外にも俺の「書く目」の鋭さに気づいた人がいたのさ。彼の名は、同志レーニン。

ソソ、帽子を被って、レーニンを演じる。空間はレーニンの隠れ家に変わる。

第16場　1905年　レーニンの隠れ家

レーニン　ソソ、君のアジビラはすごい。飛ぶように読まれていくよ。武骨な男たちが君の言葉に恍惚となっている。君には短く魅惑的な言葉で仲間を組織する力がある。（笑って）私は不思議だよ。君のような小柄な男が、言葉で男も女も虜にしてしまうんだから。

ミハイル、ソソを演じる。

ソソ（ミハイル）　グルジア人は情熱的で、詩を愛する民族なんですよ。
レーニン　いや、君の言葉の力は言語の壁を越えている。グルジア人だけじゃない。ロシア人の労働者たちだって、君のアジビラの虜になっている。
ソソ（ミハイル）　へへ。私はプーチンのような、偉大な詩人になるのが夢なんです。
レーニン　プーチン？

ソソ（ミハイル）　あ、プーシキンです。また間違えた。

レーニン　（ニヤリと笑って）いや、プーチンのままでいい。そのほうが音が可愛らしくてお前に合っている。

ソソ（ミハイル）　（喜んで）へへへ。

レーニン　未来の詩人プーチンよ、その詩の力を使って、詩よりも大きな詩を作ってみないか？

ソソ（ミハイル）　詩よりも大きな詩？

レーニン　国だ。

ソソ（ミハイル）　国？

レーニン　人類史上、まだ誰も作ったことのない理想の国。働く者たちの楽園。その国では誰もが平等で、たとえグルジアの犬であろうとも、ワン！

レーニン、ミハイルにお手をする。ミハイル、反射的にレーニンの手を打つ。レーニンは、打たれた手をさすりながら、

レーニン　（笑って）ロシア人にお手をさせられることはない。

ソソ（ミハイル）　……

レーニン　（頭を撫で）いい子だ、ソソ。暴力を覚えたね。そうだ、いつまで鎖で繋がれた犬でいるつもりだ？　一緒に帝国をひっくり返そう。そのために、民衆の前衛に立つ我々は常備軍を持つべきなんだ。革命のための武器が必要だ。我々の武器を手に入れるために、帝国銀行から金を奪い取るんだ。

ソソ（ミハイル）　金を奪い取る？

レーニン　収奪のための銃と爆弾はこちらで用意する。お前は人を！　死んでも裏切らない仲間を集めろ！

ソソ（ミハイル）　死んでも裏切らない仲間を？　でも、どうやって？

レーニン　詩だ。お前の詩の力を使え！

ソソ（ミハイル）　やめてくれ。

ソソ、帽子を脱ぎ、レーニンを演じるのをやめる。すると空間は、ブルガーコフのアパートに戻る。

第17場　モスクワ・ブルガーコフのアパート

ソソ　これは、あんたの「書く目」が暴こうとしている、俺の真実の過去。

ミハイル、レーニンの手を打った「暴力」の感触を打ち消すかのように、自分の手を握り締め、

ミハイル　ソソ、君は詩を捨てたのか？

ソソ　捨ててないさ。ソビエト社会主義共和国連邦こそが、俺が生涯をかけてロシア語で書いた詩だ。ドクトル、あんたは血みどろの内戦の最中、コーカサスで処女作を書いたね？俺も処女作をコーカサスで書いたよ。でもバトゥーム・デモは処女作とは呼べない。ただの下書きだ。あの時はまだ、赤いインクが不足しててね、血が滾(たぎ)るような、ロシア語の詩が書けなかったんだ。俺の本当の処女作は、バトゥーム・デモから五年後、場所はチフリス、グルジアの首都。さあ、スターリンの評伝劇を書くなら、そのデビューを見

逃すな！

ソソが机をバシンと叩くと、開幕ブザーが鳴り、竪琴の音が鳴り始める。ワルワーラ、エレーナ、リュボフィ、ヴォーヴァがテロリストとなって、ソソの詩を朗読しながら、書棚の中から現れる。空間は、チフリスのソソたちの隠れ家になる。

第18場　1907年　チフリス・ソソたちの隠れ家・夜

女テロリスト1　「竪琴の音が響きわたるところ　追われる者の前に　人群れが毒の杯をおいた

そして叫んだ、」

テロリストたち、車座に座り、小さな杯を手に握る。

女テロリスト1　「飲め　呪われし者よ、これがお前の運命だ、詩への報いだ。お前の真実や天の音など、おれたちには要らぬ！」※6

ワインを飲み干し、はしゃぐテロリストたち。

女テロリスト2　なんて素敵な詩！

女テロリスト1　野蛮でいてロマンチック。私、言葉で濡れたの初めて！（と言って、詩集を投げる。ミハイルがその詩集を拾う）

男テロリスト1　こんな詩をグルジア語で書いちゃうなんてな。さすがだよ、ソソ。ああ、運命が、俺らのからっぽな頭にも降ってくる。

女テロリスト3　ソソ、私、この詩のためなら死んでも構わない。ほんとよ。

ソソ　じゃあ、死んでくれ。

テロリストたち　え？

ソソ　ふん、冗談だよ。

女テロリスト3　なぁんだ、冗談か。へへへ。

女テロリスト2　あんたはほんとに、クソ才能に溢れてる。クソ一流の詩人で、かつクソ一流の革命家だ。

男テロリスト1　やめろよ、ソソの才能がうんこ臭いみたいじゃないか。

女テロリスト2　ゲリ才能に溢れてる。ゲリ一流の詩人で、ゲリ一流の革命家だ。

男テロリスト1　変わってねえって。

ソソ　まだ革命家としては三流以下だ。

女テロリスト2　でもあのレーニンが、あんたに目をかけてるってもっぱらの噂だよ。

男テロリスト1　俺も聞いた。明日の仕事に成功すりゃぁ、あんたは党の中央委員会に加えられるかもしれねぇんだろ？

ソソ　かもな。

女テロリスト1　私たちのソソが、前衛党の、さらに先頭におっ勃(た)つのね。最高！

ソソ　（一人離れたところにいる男に気づき）おい、そこのお前。

ミハイル　え？　俺？

ソソ　そんなところでなんで一人でいる？　こっちで一緒に飲め。

詩集を手に持っていたミハイル、男テロリスト2として、ソソの近くに寄っていく。

ソソ　なんだお前、俺の詩を読んでたのか？

男テロリスト2　おめでとうございます、『グルジア詩名作選』。これにあなたの詩が選ばれたこと、僕たちの誇りです。

ソソ　十年も昔に書いた詩が今になって選ばれるとはな。

男テロリスト2　嬉しくないんですか？

ソソ　嬉しくなくはないが……詩には限界がある。

男テロリスト２　限界？

ソソ　優れた詩とは……書き手と読み手が同じ夢を見られる詩だ。「（ロシア語で）汝は帝王ゆえに　ひとり生きつつ　自由な道を自由な知恵のみちびくかたにゆけ。その気だかき仕事の報いを求めることなく　おのがいつくしむ思いの実りをみのらしめよ。[※4]」（女テロリスト３に）わかるか？

女テロリスト３　ロシア語はさっぱり。

ソソ　（男テロリスト３に）わかるか？

男テロリスト２　ロシア語はさっぱり。

ソソ、プーシキンの詩の魅力が、グルジア人に伝わらないことが悲しいが、その気持ちを抑えながら、

ソソ　俺はプーシキンの詩から夢を見る力を学んだ。しかし、ロシア語の詩の語感を味わえるグルジア人はほとんどいない。詩は民族を越えられないんだ。

男テロリスト２　……

ソソ、突然、床をバシンと強く叩く。

テロリストたち　ソソ？　どうした？

ソソ　俺は民族を超えた詩を書きたい。（にやりと笑い）ある意味、詩よりも大きな詩さ。

女テロリスト1　それは……

ソソ　コーカサスの、いや、ロシアの、いや、ユーラシア全土の諸民族の誰もが、俺と同じ夢を見られる詩。人類を解放し、世界に幸福をもたらす詩。

女テロリスト2　そんな詩をどうやって？

ソソ　同志諸君、明日は早い。グルジアワインでもう一度だけ乾杯して、さっさと寝るとしよう。

男テロリスト2　明日、何があるんです？

ソソ　（それには答えず）飲め　呪われし者よ！

テロリストたち　飲め　呪われし者よ！

ソソとテロリストたち、ワインを飲み干す。

男テロリスト2　ねえ、明日、何があるんです？

しかし、テロリストたちは答えず、消えていく。

男テロリスト2　（テロリストたちに）明日、何が？（ソソに）明日何があるんですか？

ソソ　明日になったらわかる。お前は俺のそばでちゃんと見ていろ。その目で。

男テロリスト2　僕たちは一緒に行かないんですか？

ソソ　俺はロシア語から学んだんだよ。主語は消せ、主体を出来事の中に埋没させせろ、って。そう、事件の主人は隠れなければならない。ロシア語は霧のような言語なのだから。

ソソ、隠れる。霧が出てくる。

男テロリスト2　ソソ、見ているだけじゃなくて……書き残してもいいでしょうか？

ソソ、答えない。男テロリスト2は、ミハイルとして事件を目撃する。

ミハイル　夢は、俺の魂の劇場……今夜は俺自身が影となり、見えるがままに真実を演じればいい。霧か？　いや、これは霧じゃない。夏の日の陽炎。

蟬の鳴き声。音楽。

ミハイル　次の日。一九〇七年六月二十六日は、ゆだるような暑い夏の日だった。

教会の時計の鐘の音。

ミハイル　午前十一時、チフリスのエリヴァン広場はいつものように人で溢れていた。その人込みに紛れ、「娘」たちは、

女テロリストたち現れる。彼女たちはパラソルを持っている。ミハイルは、隅に隠れる。エリヴァン広場の雑踏の音が大きくなっていく。

ミハイル　色とりどりの南国のパラソルをくるくると回し、服の下でモーゼル拳銃を指でまさ

ぐった。

馬の蹄(ひづめ)の音(騎兵と馬車が入って来る)。

ミハイル　あの音は……

ソソ　(突然、現れ)今日の俺たちの獲物だよ。

ソソ、紳士の帽子をミハイルに被せ、金袋を渡すと、ミハイルは銀行員になる。ソソ、銀行員となったミハイルを舞台の中央に押し出す。ソソは消える。舞台中央には、ベンチが置かれており、ミハイルは怯えながらベンチに座り、馬車に揺られているようになる。

ミハイル　その大金はコサック騎兵たちに守られて広場へ入って来た。二台の馬車。どちらかは百万ルーブルを載せ、どちらかは警官と兵士が強盗の来襲に備えている。

女テロリスト1　(小声で)ねえ、どっちが金?

女テロリスト3　(小声で)ソソは言ってたわ。クンクンと犬のように臭いを嗅げ。ブルジョアの臭いがしたら、そっちが獲物だ。

女テロリスト2　（小声で）じゃあ……

女テロリストたち、素早く、ブルジョアの臭いを嗅ぎ分ける。

女テロリスト2　前よ。前の馬車に帝国銀行の銀行員が同乗している。金が載っているのは前の馬車よ！

ミハイル　娘の一人が持っていた新聞を放り捨てた。

女テロリスト1　今だ！

スローモーション。

ミハイル　それを合図に、娘たちは一斉に「りんご」を取り出す。ソソが「りんご」と名付けたその爆弾を、

ソソの声　いいか、詩を作るように国を作ろう。これは爆弾のような「りんご」だ。齧れば目覚める、男も女も革命に！　帝国銀行の馬車が入って来たら、みんなで「りんご」を投げろ！

ミハイル　投げちゃダメだ。

女テロリストたち　え？

ミハイル　投げたらそれは、爆弾のような「りんご」なんて、きれいな表現じゃ済まなくなる。

ソソの声　これを投げなきゃ、大衆は目を覚まさない！

ミハイル　その爆弾のような「りんご」は、投げたらただの暴力に変わる。

女テロリスト2　革命には踏み越えなければならない線があるとソソは言った。

ミハイル　でも君たちがやろうとしていることは、ただの人殺しと現金強奪だ。

女テロリスト1　それでもいい。ソソと同じ夢が見られるなら。

ミハイル　ソソの夢の中に君たちはいない！　あの男は、革命が成功したら君たちを切り捨てる。この事件も君たちも無かったことにしようとするんだ。俺には見える。

女テロリスト3　ソソは言ったの。俺は歴史の歩みが無慈悲に踏み潰してきた民族を、革命によって解放するんだって。俺は諸民族の父になるって。私、マルクスもレーニンもわからないけど、ソソの夢なら一緒に見たい！

ミハイル　娘たちは、前に一歩踏み出した。信管を引き、それぞれのりんごを……投げた。りんごは馬車の下で破裂する。轟音と共に。

爆弾の音。吹き飛ばされる銀行員。

ミハイル　爆発音が馬たちの内臓をえぐった。人間たちをズタズタに引き裂いた。地面と一緒に、二人の銀行員の皮はめくれ、血と一緒に手足が飛び散った。

女テロリスト1　さあ、早く金を。

馬車の音。

女テロリスト3　待って。敵じゃない？

一瞬の静寂。

男テロリスト1　（現れて）ヒャッホー！

ミハイル　片手で手綱を取り、もう一方の手で拳銃を乱射しながら、仲間が四輪馬車を駆り、広場に入って来た。安堵する娘たち。

銃撃戦の音。

男テロリスト1　見ろ、俺たちを犬扱いした帝国の犬どもを撃ち放題だ！

ミハイル　拳銃を引き抜いたグルジアの乱暴者たちは、広場を守る警官と兵士を撃ち始める。完全に不意を突かれ、倒れる警官たち。逃げる兵士たち。逃げる兵士を追いかけるように、次のりんごが投げられた。

爆弾の音。

女テロリスト2　見て。通行人はパニックを起こし、悲鳴を上げながら我先にと逃げ始めたわ。

女テロリスト3　作戦は成功？

女テロリスト1　いや、金がまだよ。金は？　金はどこ？

男テロリスト1　あそこだ！

テロリストたちは、金袋を抱えて、動かなくなっている銀行員を見つける。

男テロリスト1　この死体、死んでも金袋を手放さねえな。ガキが枕を抱えてるみたいに。
女テロリスト2　まだ生きてるんじゃない？
男テロリスト1　いや、死んでる。

男テロリスト1、拳銃で銀行員の頭を撃つ。銀行員、金袋を手放す。

男テロリスト1　仕事は終わりだ。逃げるぞ！

ソソがゆっくりと現れる。入れ替わるように、テロリストたちは去るが、男テロリスト1が金袋を持ち上げると、中から、真っ赤なルーブル札が大量にこぼれ落ち、辺り一面に血だまりのように広がる。馬車が去る音。銀行員はミハイルに戻る。ミハイルは、自分が血だまりの中に立っていることに怒り震えながら、

ミハイル　どこにいた？
ソソ　そこの屋根から。隠れながらずっと見てたよ。
ミハイル　一体、何人殺したんだ？

ソソ　そうだなぁ、（辺りを見回して）ざっと四十人ほどだろう。
ミハイル　警官や兵士だけじゃない、通行人も混ざってる。
ソソ　素晴らしいな、死は。階級に関係なく、誰に対しても平等に突然訪れる。これはまだ始まりに過ぎないよ。巨大な赤い詩を書き続けるためには、まだまだ大量の赤いインクが必要だ。
ミハイル　こんなのは、詩じゃない！
ソソ　はい？
ミハイル　お前が書いてきたものは、詩じゃない！
ソソ　では、詩とはなんだ？
ミハイル　夢見る言葉だ！　人々の喜びや悲しみを射抜き、理想や夢を描いたものだ！
ソソ　お前の書く作品は、ロシアの知識階級（インテリゲンチア）しか見ることのできない儚い夢だ。しかし俺が書いてきたこの巨大な国家ソビエト連邦は、この赤い詩は、民族を超えて階級を越えて、誰もが見られる夢だ。世界でこれほど大きな詩を書いた男は俺の他にはいない。長い道のりだったよ。この長靴で数多の血だまりを踏み越えながら歩いて来た。
ミハイル　お前にはその足元に、罪なき民衆の死体が見えないのか？
ソソ　この靴でちゃんと見てきたよ。

ソソ、ミハイルを倒し、足で軽く撫でるような仕草をしながら、

ソソ　知りたかったから。人間の魂ってのは体の中のどこかにあるのか？　どんな形をしてる？　なあ、本当にあるのか？　靴で丁寧に踏みつけてやらないと、わからなかったからね。

ミハイル　お前は、詩人のまなざしを、書く目を捨てたんだ！

ソソ　そして「革命」を拾った。

ソソ、ミハイルを起こし、座らせて、

ミハイル　何をする？

ソソ、ミハイルの左目のほうに手を伸ばし、

ミハイル　やめろ。

ソソ、ミハイルの左目を奪う。目玉を潰す音。

ソソ　お前も「書く目」を捨てて、

ソソ、ミハイルの右目を奪う。目玉を潰す音。

ソソ　「革命」を拾え。

ミハイル　目が……

ソソ　俺の手によってソビエト連邦が完成した時、気づいたんだよ。この国家には、「書く目」は一つでいいと。この国家にはたった一つ、俺の「目」だけが、我々の夢を、「革命」を守るのだと。

ミハイル　お前は、まともじゃない。

ソソ　まともとは、なんだ？　数の問題か？　あんたは人間の痛みがわかる多数派で、俺は人間の痛みがわからない少数派だと？　たしかに俺のお里は少数派だ。帝政ロシアの支配下でゴミ屑扱いされたグルジア民族の出だよ。夏でもこんな長靴を履いているのは、その出を忘れてないからさ。親父はグルジアの靴職人だった。でも親父を尊敬してはいない。あいつは、グルジアではよくいる、酔って暴れるのが得意な男でね。自分の作った靴で息子を……

ソソ、ミハイルを蹴り上げる。

ミハイル　（悲鳴を上げ）ああ。

ソソ　よく蹴りよく踏みつけた。俺はロシア人に踏みつけられる前から、実の「パパ」に踏みつけられた、

ソソ、ミハイルを踏みつける。

ミハイル　（悲鳴を上げ）ああ。

ソソ　そんな出なのさ。

ソソ、ミハイルを再び蹴り上げようとするが、

ミハイル　やめてくれ。

ソソ　ミーシャ、俺だって暴力は嫌いだった。しかし、この世で唯一許される暴力というものがある。それは、暴力を無くすための暴力だ。

ミハイル　……

ソソ　我々の革命は、ロシア皇帝の圧制という暴力を無くすための「暴力」だった。

ソソの言葉に、ミハイルは鼓膜が破れるような鈍い痛みを感じる。

ソソ　資本家階級からの搾取という暴力を無くすための「暴力」だった。違うか？

ソソの言葉に、ミハイルは鼓膜が破れるような鈍い痛みを感じる。

ミハイル　もう俺は……お前を愛せない。

ソソ　いいぞ。人への愛こそ粛清するべきだ。愛を家族や友に向けてはいけない。唯一、党だけに向けろ。国家だけを愛せ、共産主義建設の理想だけを愛すのだ。

遠くで音楽が聞こえる。

ソソ　遠くで音楽が聞こえる。あの太鼓の音は、軍隊の行進曲だ。戦争が近づいて来るな。戦わなくちゃな。次は西側の暴力と戦わなくちゃならない。あれは自由という名の暴力なんだ。

ソビエトの国民の子どもたちの声　スターリンが殺した。

ソソ、ミハイルに背を向ける。戦争の音がする。

ソビエトの国民の子どもたちの声　（笑いながら）スターリンが殺した。スターリンが殺した！

ソソ　我が国民は、幾度も蘇りながら敵を打ち倒す。我が赤い「国家」は個人の死なんぞ超克するのだ！

銃撃の音の中、ソソ、笑いながら、退場。

ミハイル　うあああああ！

ミハイル、目の痛みのためにうずくまる。ソソと入れ替わるように、ウラジーミルが入って来る。

第19場　1939年8月　列車内　午後

ウラジーミル　ミーシャ、大丈夫かい？　急に叫んで。

ミハイル　（息を切らしながら）ヴォーヴァ、どこへ行ってた？　原稿が完成しちゃったよ。

ウラジーミル　え？

ミハイル　そこに置いてある。赤いインクで書いた原稿だよ。見えないのか？

ウラジーミル　赤いインクの原稿なんてどこにもないぞ？

ミハイル　え？

ウラジーミル　（クスッとわらって）ミーシャ、うたた寝してたね？　ここはモスクワの君の部屋じゃないぞ。

汽笛の音と列車が線路を進む音がする。

ウラジーミル　僕たちは今、列車で「バトゥーム」に向かっているところだ。おい、ちゃんと目を覚ましてくれ。

ミハイル　バトゥーム？

ウラジーミル　おい、自分が書き上げた戯曲のタイトルも忘れたのか？　ほんとに寝ぼけてどうしようもないな。本格的な稽古に入る前に、1900年代当時のグルジアの雰囲気や、労働運動の時代背景を現地で詳しく調べに行くところだろ？

車掌の声　間もなく、セルプホフー。セルプホフー。

ミハイル　俺は『バトゥーム』の戯曲を書き上げたのか？

列車が止まる。

ウラジーミル　何言ってんだよ？　もう朗読会だってしたじゃないか？　芸術座の幹部たちにだって大絶賛されたよ。

ミハイル　チフリスの、爆弾テロの戯曲はどうなった？

ウラジーミル　チフリスの？　なんだいそれは？　また夢でも見てたんじゃ……

ミハイル　（遮って）たしかに書き上げたんだ！　今さっき！

ウラジーミル　……忘れよう。夢にしろ現実にしろ、そんな踏み越えた劇、発表なんかできないんだから。

ミハイル　ヴォーヴァ、君は読んでもいないのに……

青ざめた顔のワルワーラが、何か紙を持って入って来る。

ワルワーラ　残念なお知らせがあるわ。

ミハイル　なんだ？

ワルワーラ　今、私たち宛に電報が届いた。「旅ノ必要消エル。モスクワニ戻ラレタシ」と。

列車の汽笛の音。

ワルワーラ　一九三九年八月、ブルガーコフは上演に向けた取材旅行のため、列車でグルジアに向かっていた。その列車内で、戯曲『バトゥーム』を上演禁止にするという政府からの電報を受け取った。

ミハイル　うああああああ！

リュボフィ　その直後、ミーシャは経験したことのない目の痛みを感じる。翌九月、視力はさらに低下。医者は高血圧性腎臓硬化症と診断。やがて失明する。

エレーナが入って来る。失明したミハイルは立ち尽くす。

第20場　1940年3月　モスクワ

ミハイル・ブルガーコフのアパート。夜。エレーナ、日記を書くかのように、

エレーナ　翌年三月、体調は戻らず、ミーシャは最後の日々を過ごす。

ミハイル　エレーナ、そこにいるのか？

エレーナ　私はずっとあなたのそばにいるわ。

ミハイル　参っちゃうな。死んでもいないのに、目の前が真っ暗だよ。

エレーナ　怖い？

ミハイル　……怖くないって言ったら、嘘になるね。

エレーナ　ちょっと休んだら？

ミハイル　うん。

ミハイル、ゆっくり歩きながら、窓辺の椅子に座る。

ミハイル　俺は負けたのかな？

エレーナ　負けてなんかいない、決して。

ミハイル　そうか。

エレーナ　……

ミハイル　今夜は満月なんじゃないか？

エレーナ　（驚いて）そうよ、どうしてわかったの？

ミハイル　暗闇に目を凝らすからこそ、見えてくるものがある気がするんだ。俺の「書く目」は暗闇でこそ輝くんだよ。春の満月が夜の闇の中でこそ煌々と光るように、この目を失ってからのほうが、「書く目」は鋭くなった気がする。

遠くで戦争の音が聞こえてくる。ミハイル、祖国の未来に目を光らせる。

ミハイル　この見えない目の先で、昨日まで生きていた連中が皆死んでいく。農民も詩人も兵士たちも。友も、敵も。

遠くで鳴る戦争の音が近づいてくる。

ミハイル　せめて俺は、暗闇を見続けてやる。ソビエトの革命がスターリンの赤いインクなら、この暗闇は俺の黒いインクだ。この暗闇を使ってもう一度、この世界を描いてみるよ。地獄を越え天国を越え、時間さえ越えて見続ける。エレーナ、代筆してくれ。この暗闇のインクが尽きるまで『巨匠とマルガリータ』を直し続けよう。ミハイル・ブルガーコフの「書く目」は消えやしない。消えやしないぞ！

ゆっくりと瞼が閉じられるように暗転。終わり。

引用文献

※1　引用『巨匠とマルガリータ』ミハイル・ブルガーコフ著 水野忠夫訳（岩波文庫）より
※2　引用『全集・現代世界文学の発見1　革命の烽火』掲載の、『トゥルビン家の日々』ミハイル・ブルガーコフ著、安井侑子訳（學藝書林）より
※3　引用『スターリン　青春と革命の時代』サイモン・セバーグ・モンテフィオーリ著 松本幸重訳（白水社）より
※4　引用『詩人に』は、『プーシキン詩集』金子幸彦訳 岩波文庫より
※5　引用『アレクサンドル・プーシキン／バトゥーム』ミハイル・ブルガーコフ著 石原公道訳（群像社）より
※6　引用『赤いツァーリ　スターリン、封印された生涯』エドワード・ラジンスキー著 工藤精一郎訳（NHK出版）より

■上演記録　劇団印象-indian elephant- 第三十回公演『犬と独裁者』

二〇二三年七月二十一日（金）～三十日（日）　駅前劇場

■スタッフ

作・演出　鈴木アツト
舞台美術・小道具　西宮　紀子
照明　篠木　一吉
音響　斎藤　裕喜
衣裳　仲村祐妃子
ヘアメイク　西藤　恭子
舞台監督　折田　彰平
演出助手　モ　カ
ドラマトゥルク　沈（シム）　池娟（チヨン）
音楽・制作　村上　理恵
制作協力　J-Stage Navi

■キャスト

ミハイル・ブルガーコフ――――玉置　祐也
エレーナ・ブルガーコワ――――佐乃美千子
リュボフィ・ベロゼルスカヤ――――金井　由妃
ウラジーミル・ドミートリエフ――――二條　正士
ソ　ソ――――武田　知久
ワルワーラ・マルコワ――――矢代　朝子

あとがき

ブルガーコフが死の直前に病気で失明していた、という史実からヒントを得て、この戯曲の筋(プロット)を構想した。

戯曲を書き始めた頃に、私は健康診断を受けた。「血圧が少し高くて気になるので、〝眼底検査〟を受けてください」と言われ、日を改めて眼科に行くことになった。血圧が高いのに眼の検査?と不思議に思いながらも、「眼底は、血管の状態を肉眼で確認することができる唯一の部位ですので」という説明があり、「ここを見れば全身の血管の状態もわかるので、検査をします」ということだった。

眼科で、医師の診断を受けるため、瞳孔が開き放しになる薬を目に点眼された。幸い、特に悪いところは見つからなかったのだが、病院からの帰宅後も瞳孔が開いたままだった。半日ほど、視界が異常に明るい状態で過ごした。季節は冬だったが、眼球に光が多めに入って来るせいか、春のように目に映る全てが色鮮やかに、輝いて見えた。そして、なんだか失明の直前のような感じがした。溢れんばかりの光に包まれながらも、数分後、その光を永遠に失うのではないかという恐怖を、しばらく感じ続けていた。

作家人生のほとんどの期間において、作品の出版を許されることがなかったミハイル・ブルガーコフ。彼は、死ぬ二年前にスターリンの評伝劇の執筆を依頼され、死ぬ前年に書き上げた。その時期は、生涯の傑作『巨匠とマルガリータ』の推敲の日々と重なっている。二つの作品の創作を往復する日々は、彼にとってめくるめく光と闇に包まれた時間だったのではないだろうか？　愛する妻がヒロインとして躍動する小説を書き上げる喜びと、独裁者を題材とした戯曲を書かねばならない恐怖に揺れていたブルガーコフの晩年。そこに、先の私の眼科での体験をまぎれ込ませてみたのが、この戯曲である。

劇団もどうにかこうにか、二十周年を迎えることができた。而立書房の倉田晃宏氏からの提案で、巻末に二十年間の上演作品一覧を掲載していただくことになった。これまで作品に関わってくださった多くの皆さん、本当にありがとうございました。

二〇二三年六月

鈴木アツト

劇団印象・上演作品一覧（特別に記載のないものは、作・演出／鈴木アツト）

2003年

第1回公演
鴉姫（からすひめ）
2月26日　横浜・STスポット
出演：北野絢子、加生健太朗、稲富卓哉、大野舞、久我佐和子、最所裕樹、古家寛

2004年

第2回公演
嘘月（うそつき）
6月25〜29日　横浜・STスポット
出演：最所裕樹、加藤慎吾、金川慧子、三木佳世子、杉江顕吾、櫻井拡子、岡本祐介

穴鍵（あなかぎ）
スパーキング21 vol.15・15周記念ショーケース参加作品
11月23日　横浜・STスポット
出演：最所裕樹、加藤慎吾、金川慧子、和泉真葵

穴鍵
作：鈴木アツト　演出：上本竜平
12月23日　芝浦港南区民センター・第一和室
出演：最所裕樹、加藤慎吾、金川慧子、龍田知美

2005年

第3回公演
幸服（こうふく）
2月10〜13日　横浜・STスポット
出演：最所裕樹、加藤慎吾、片方良子

第4回公演
空白（そらしろ）
6月17〜19日　江古田ストアハウス
出演：きたのあやこ、吹原幸太、岩崎恵、永井美里、加藤慎吾、最所裕樹、園芸家すみれ、平山K3

第5回公演
望遠（ぼうえん）
12月2〜4日　横浜・相鉄本多劇場
出演：加藤慎吾、最所裕樹、吹原幸太、岩崎恵、片方良子、平山K3、加生健太朗

2006年

第6回公演
友霊（ゆうれい）
7月21～23日　新宿・タイニイアリス
出演：加藤慎吾、園芸家すみれ、篠原有加、片方良子、江花渉、きたのあやこ

第7回公演
愛撃（あいうち）
11月22～26日　新宿・タイニイアリス
出演：加藤慎吾、園芸家すみれ、山田英美、片方良子、岡本祐介、竹原じむ、斎藤真帆、きたのあやこ

2007年

第8回公演
父産（とうさん）
6月8日～11日　新宿・タイニイアリス
出演：加藤慎吾、園芸家すみれ、斎藤真帆、山田英美、竹原じむ、岡本祐介、片方良子、毎陽子

第9回公演　アリスフェスティバル２００７参加作品
青鬼（あおおに）
11月9～13日　新宿・タイニイアリス
出演：加藤慎吾、最所裕樹、片方良子、石垣悟、岩崎千帆、黒澤蚊太郎、森恒輔、江花渉

2008年

突然番外公演
空白
2月21～24日　新宿・タイニイアリス
出演：山田英美、加藤慎吾、岩崎恵、岩崎千帆、園芸家すみれ、竹原じむ、石垣悟、片方良子、岸宗太郎

第10回公演　アリスフェスティバル２００８参加作品
枕闇（まくらやみ）
9月5～10日　新宿・タイニイアリス
出演：山田英美、加藤慎吾、竹原じむ、毎陽子、片方良子、斉藤真帆、岩崎千帆、岸宗太郎、前田勝、最所裕樹

2009年

第11回公演　横浜SAAC・再演支援プロジェクト・リバイバルチャレンジ#2
青鬼
3月19日～22日　横浜・相鉄本多劇場
出演：山田英美、前田雅洋、澁谷友基、江花渉、岸宗太郎、岡田梨那、片方良子、最所裕樹

【内容紹介】ハネムーンで訪れたアラスカで、ホッキョクヒメイルカという珍味と出会った猫宮亜乃と亮平。一口食べてその味の虜になってしまった亮平は、ホッキョクヒメイルカの肉を月に1回密輸し、しまいには自宅にイルカのための水槽さ

え作ってしまった。そんなある日、水槽からイルカが逃げようとしている場面に、二人は出くわす。イルカには足があり、二足歩行で言葉も話せ、プーチンという名前まであった。そのあまりの可愛さに、二人はプーチンを食べるのをやめ、猫宮家のペットにすることにした。プーチンがペットになり、亮平はイルカを食べるのをやめ、ベジタリアンになった。すると、亮平は少しずつイルカのようになり、プーチンは少しずつ人間のようになっていった。苦しむ亮平を救う為に、亜乃は究極の選択を迫られていく。横浜SAACアワード2009年度・佳作賞受賞。第9回AAF戯曲賞 最終候補作。若手演出家コンクール2012優秀賞、観客賞受賞。

【作者コメント】 演劇を始めて5年目に書いた初期の代表作。大崎のマクドナルドでハンバーガーを食べていた時に、「どうして私は食べるほうで、食べられるほうではないんだろう?」という考えが頭をよぎり、創作。

第12回公演

父産

10月30日~11月3日　吉祥寺シアター

出演：加藤慎吾、笹野鈴々音、山田英美、澁谷友基、毎ようこ、岸宗太郎、前田雅洋、岡田梨那、星野奈穂子、いとう大輔、小角まや、伊谷彰、最所裕樹、吹原幸太、関根信一

2010年

第13回公演

匂衣（におい） The blind and the dog

4月16~25日　下北沢・シアター711

出演：ベク・ソヌ、龍田知美、高田百合絵、深尾尚男、泉正太郎

【内容紹介】 来日3年になる韓国人女優ヨンジュは、ある日、大富豪の夫人・後藤田鈴蘭から、目の見えない娘・彩香のために、犬を演じるように頼まれる。愛犬ブービエ・デ・フランダースのオス、ヨソベエは、後藤田と散歩中、不慮の交通事故で亡くなったばかりだった。嫌々ながらもこの仕事を引き受けたヨンジュは、化粧品セールスマン・万丈と協力して、後藤田の要求に必死に応えようとする。しかし…。

日韓国際交流公演第1弾として初演した。売れない女優と、目が見えない女性の交流を描いた作品であり、マイノリティー同士の二人の交流をとおして、「見える」こと、「感じる」こと、とはどういうことかを、観客にも投げかけた。第10回AAF戯曲賞 最終候補作。

【作者コメント】ソフィ・カルの「盲目の人々」にインスパイアされて、「目が見えないこと」と「匂い」を題材にした。視覚障がいの方に取材して執筆。

第14回公演
霞葬（かすみそう）
7月16〜19日　吉祥寺シアター
出演：龍田知美、山田英美、泉正太郎、本東地勝、比佐仁、伊谷彰、ベク・ソヌ

突然番外公演
空白
12月23〜27日　新宿・タイニイアリス
出演：龍田知美、和田広記、岩崎恵、横澤有紀、泉正太郎、深尾尚男、本東地勝、生井みづき、西村壮悟

2011年

第15回公演　ドラマツルギ×2011参加作品
人涙（じんるい）
6月9日〜25日　新宿・タイニイアリス
出演：龍田知美、深尾尚男、泉正太郎、石田けんいち、遠藤祐生、岩崎恵、金恵玲、石橋美智子

第16回公演
妻月（さいげつ）
11月3〜13日　新宿・タイニイアリス
出演：龍田知美、ベク・ソヌ、泉正太郎、和田広記、中島由貴、石橋美智子

2012年

匂衣　The blind and the dog
作：鈴木アツト　演出：荒川貴代
3月17日　韓国・ドヨ創作スタジオ
7月29、30日　韓国・密陽演劇村（密陽夏公演芸術祝祭）
8月2、3日　韓国・居昌国際演劇祭
出演：龍田知美、泉正太郎、李潤姫、日下範子、功刀達哉

第17回公演　D.Festa（大学路小劇場祝祭）招聘作品
青鬼
9月9日　ART CAFE百舌（もず）
9月14〜16日　韓国・シウォル小劇場
出演：龍田知美、ベク・ソヌ、泉正太郎、吉田俊大、笠原麻美、庄司勉

2013年

若手演出家コンクール2012
青鬼
3月6、9日　下北沢・「劇」小劇場
出演：金恵玲、ベク・ソヌ、泉正太郎、吉田俊大、実近順次

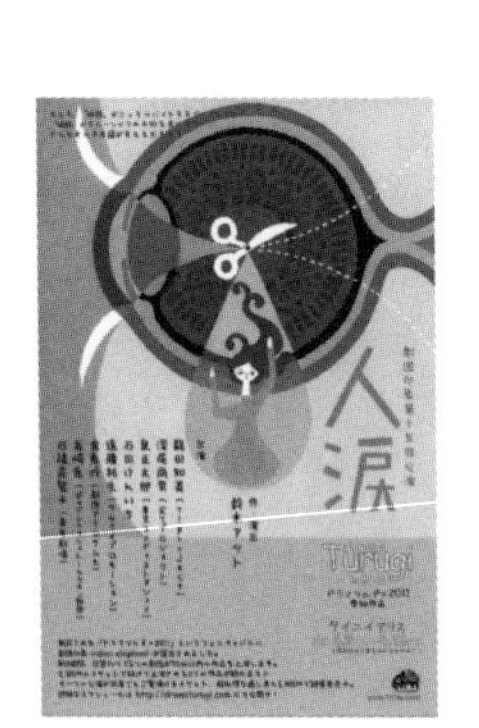

福岡市文化芸術振興財団（FFAC）創作コンペティション「一つの戯曲からの創作をとおして語ろう」vol.4

或る別な話

作：別役実　演出：鈴木アツト

5月18、19日　福岡・ぽんプラザホール

出演：金恵玲、泉正太郎、難波真奈美、島田静仁

第4回せんがわ劇場演劇コンクール

終の棲家

6月8日　調布市せんがわ劇場

出演：難波真奈美、荒井眞理子、金田海鶴、今村有希、吉田俊大

第18回公演

第20回 BeSeTo演劇祭　BeSeTo＋参加作品

値札のない戦争

作・演出：鈴木アツト　共同演出：呉致雲（オ・チウン）

10月24日〜28日　こまばアゴラ劇場

出演：ベク・ソヌ、泉正太郎、根本大介、ヤン・ヒョユン

2014年

第19回公演

グローバル・ベイビー・ファクトリー

Global Baby Factory

3月26〜30日　調布市せんがわ劇場

出演：小山萌子、井口恭子、難波真奈美、広田豹、水谷圭見、鈴木智久、橘麦、滝香織、中島由貴、山村茉梨乃、今村有希、中原瑞紀、平岩久資、田村往子

【内容紹介】 仕事、結婚、美貌。望む物は全て手に入れてきた砂子。子宮癌で全摘出手術を受けるが、どうしても子どもを諦められない。インドの代理出産クリニックの存在を知り、最後の手段に身を投じるが……。

経済的に豊かな先進国の夫婦が、発展途上国の貧しい代理母に、自分たちの子どもを産ませる代理出産ビジネスを題材にした社会派エンターテインメント。不妊に悩む日本人女性、インドの代理母、そして、受精卵の視点から、母親とは何か？母性とは何か？を、ユーモアを交えながら真摯に描いた。第18回劇作家協会新人戯曲賞 最終候補作。

【作者コメント】 マイケル・サンデルの「これからの「正義」の話をしよう」という本の中に、インドの代理出産ビジネスについて書かれた箇所が数ページあり、そこから話を膨らませた。上演前には、インドの代理出産クリニックへ突撃アポなし取材を敢行。取材前日に現地のカレーを食べて下痢が止まらず、クリニックや代理母ハウスへの取材を、紙おむつを穿

いた状態でやったのは、いい思い出。

第20回公演
Bangkok Theater Festival 2014 招聘作品
匂衣 The blind and the dog
10月22〜26日　下北沢・シアター711
11月1、2日　タイ・Creative Industries
出演：ナルモン・タマプルックサー、山村茉梨乃、橘麦、泉正太郎、鈴木穣、広田豹

2015年

番外公演　短編音楽劇
鍵っ子きいちゃん
作：山村茉梨乃　演出：鈴木アツト
7月2〜5日　RAFT
出演：山村茉梨乃、今井美佐穂、村島智之、木山廉彬

第21回公演
グローバル・ベイビー・ファクトリー part 2
8月8〜13日　調布市せんがわ劇場
出演：山村茉梨乃、広田豹、橘麦、日沖和嘉子、工藤藍、村島智之、遠藤昌宏、田嶋真弓、木山廉彬、中神芽依、石山知佳、田島麻子、竹田邦彦

リーディング公演
グローバル・ベイビー・ファクトリー
作：鈴木アツト　演出：日澤雄介
8月10日　調布市せんがわ劇場
出演：池田朋子、大鶴美仁音、佐藤満、滝沢花野、檀上太郎、長瀬ねん治、西村順子、陽花灯里、水谷圭見、山本陽子、尹美那、吉田俊大

2016年

International Playreading Festival Typhoon
The Bite（英訳版青鬼）
作：鈴木アツト　演出：Franko Figueiredo
3月5日　イギリス・ロンドン・Rich Mix
出演：Haruka Kuroda, Leo Ashizawa, Chris Chan, Susan Momoko Hingley, Alex Chang

Winds of Change: Staged Reading 2016
Global Baby Factory（英訳版）
作：鈴木アツト　演出：Kumiko Mendl
9月1日　イギリス・ロンドン・The Studio Theatre, RADA
出演：Tina Chiang, Jay Oliver Yip, Kwong Loke, Haruka Kuroda, Susan Momoko Hingley, Janet Steel, Komal Amin, Yasmeen Khalaf

タイ・インドネシア・日本共同プロジェクト
Ocean's Blue Heart
作・演出：ニコン・セタン　共同演出：鈴木アツト
11月3〜5日　タイ・Creative Industries

2017年

2月24日～26日　上野ストアハウス（ストアハウスコレクションNo.9）
出演：吉田俊大、今井美佐穂、Narumol Thammapruksa（タイ）、Jirawat Charncheaw（タイ）、Agus Sunardi（インドネシア）、Nikorn Sae Tang（タイ）
演奏：西川浩平（篠笛、フルート）、Sa-ngiam Lertjiraratong（タイ／パーカッション）
影絵・人形使い：Monthatip Suksopha（タイ）、Sujittra Prasert（タイ）、Nutjaporn Swasdiprom（タイ）

第22回公演　短編音楽劇
子ゾウのポポンとお月さま
10月18日～22日　ＲＡＦＴ
出演：山村茉梨乃、村島智之、屋敷健一、山本陽子

リーディング公演
杜の都の演劇祭２０１７　フリンジプログラム
ヴィテブスクの空飛ぶ恋人たち
作：ダニエル・ジェイミソン
翻訳・演出：鈴木アツト
12月16日　仙台市・スラヴ料理カフェ　アリョンカ
出演：村島智之、山村茉梨乃

2018年

第23回公演
ヴィテブスクの空飛ぶ恋人たち
作：ダニエル・ジェイミソン　翻訳・演出：鈴木アツト
4月18～22日　下北沢・シアター711
出演：山村茉梨乃、村島智之、小日向星一
ヴァイオリン演奏：田代晶子
6月9～10日　秋田・ココラボラトリー
出演：村島智之、山村茉梨乃

再演ツアー
子ゾウのポポンとお月さま
7月24、25日　那覇市緑化センター（りっかりっか＊フェスタ2018）
7月26日　内間公民館（沖縄県うるま市・あい・ゆうホーム主催公演）
8月1日　国立オリンピック記念青少年総合センター（子どもと舞台芸術大博覧会2018）
9月22、23日　くるびや劇場（鳥取県鹿野町・鳥の演劇祭11おやこ演劇ミーティング）
9月29日　ゆう桜ヶ丘（多摩市桜ヶ丘2丁目自治会主催公演）
10月7、8日　北とぴあ　カナリアホール
出演：山村茉梨乃、屋敷健一、山本陽子、今井美佐穂、泉正太郎、村島智之

2019年

リーディング公演
3℃の飯より君が好き
3月30、31日　西調布・浮ク基地
出演：山村茉梨乃、岡田篤弥、杉林志保、根本大介

ポーランド・ドルマーナ劇場滞在創作作品
Ciuf Ciuf!
6月1日　Teatr Dzieci Zaglebia im. Jana Dormana（ドルマーナ劇場）
出演：Joanna Rzap. Stefan Szulc

第24回公演
瘋癲老人日記
原作：谷崎潤一郎　構成・演出：鈴木アツト
10月2〜6日　下北沢・小劇場B1
出演：近童弐吉、山村茉梨乃、杉林志保、松田珠希、落合咲野香、宮山知衣、吉岡あきこ、岡田篤弥

第25回公演　短編音楽劇
メリークリスマスハッピーバースデー
12月11日〜15日　RAFT
12月14日　ゆう桜ヶ丘
出演：杉林志保、岡田篤弥

2020年

第26回公演
エーリヒ・ケストナー　消された名前
12月9日〜13日　下北沢・駅前劇場
出演：玉置祐也、山村茉梨乃、村岡哲至、泉正太郎、杉林志保、正村徹、今泉舞

【内容紹介】ドイツの作家エーリヒ・ケストナーの作家人生の始まりとともにナチスが勃興し、両者が対立していく様子を、彼の映画業界の仲間たちやレニ・リーフェンシュタールとの交流を通して描いた評伝劇。抵抗の作家と呼ばれたケストナーは、一九四一年にゲッベルスの要請を受け、映画「ほら男爵の冒険」のシナリオを書いてしまう。一九四五年には、リーフェンシュタールと、疎開先のオーストリアの山村で、芸術家の倫理について議論を戦わせる。第27回劇作家協会新人戯曲賞 最終候補作。

【作者コメント】『国家と芸術家シリーズ』第1作目。新型コロナによる外出自粛期間に、「自宅にこもった芸術家は、外部世界へ向けて、何を表現できるのか？」を考えていた時、ドイツ国内での出版を11年間も禁じられ、〝抵抗の作家〟として知られるエーリヒ・ケストナーの生涯に興味を持って、執筆。全体主義的なものが

再び跋扈している現代に、芸術家と国家との距離感、そして、表現者の知性と勇気とは何かを問うた作品。

2021年

再演ツアー

子ゾウのポボンとお月さま

3月25日　長野県茅野市民館 マルチホール1（第20回アシテジ世界大会）
3月28日　北沢タウンホール（こども劇場せたがや主催公演）
7月13、14日　小平若竹幼稚園
出演：山村茉梨乃、杉林志保、岡田篤弥、泉正太郎、山本陽子

第27回公演

藤田嗣治　白い暗闇

10月27日～11月2日　下北沢・小劇場B1
出演：間瀬英正、廣田明代、泉正太郎、灘波愛、山村茉梨乃、杉林志保、片村仁彦、二條正士、井上一馬、伊藤大貴、浦嶋建太、堀慎太郎

【内容紹介】「日本という枠を飛び越えた、本物の絵描きになる」ため、横浜港よりパリへと旅立った藤田嗣治。しかし、パリでの生活が一年を過ぎた頃、第一次世界大戦が勃発する。

一九二〇年代初頭に「乳白色の下地」という独自の技法を確立し、日本人として初めてパリで成功した画家、藤田嗣治。彼の人生の内、パリ時代（一九一三～二九年）と、日本に帰国後、トレードマークのおかっぱ頭を丸刈りにし、軍部の協力要請に従って、「アッツ島玉砕」等の戦争画の創作をしていく太平洋戦争時代（一九三八～四五年）を取り上げた評伝劇。令和3年度北海道戯曲賞 最終候補作。

【作者コメント】『国家と芸術家シリーズ』第2作目。私自身のイギリス留学時代の体験を、藤田嗣治のナショナリティーとアイデンティティーの問題と重ねて、描いた。舞台美術の加藤ちか氏が、音から美術プランを発想する方だったので、これ以降、劇作の手法として印象的な音の使い方を模索するようになる。

2022年

第28回公演

ジョージ・オーウェル　沈黙の声

6月8～12日　下北沢・駅前劇場
出演：村岡哲至、滝沢花野、時田光洋、北川竜二、山村茉梨乃、伊藤大貴、佐乃美千子

【内容紹介】「動物農場」「一九八四年」で知られるイギリスの小説家ジョージ・オーウェルの評伝劇。第二次世界大戦下、まだ無名の小説家だったオーウェルこと

エリック・アーサー・ブレアの、BBCでラジオ番組を作っていた時代を取り上げた。オーウェルが、大英帝国の崇高な理念と帝国主義の欺瞞に板挟みになりながら、どう成長していったのかを、彼を取り巻くイギリス在住インド人たち（親日派・親英派双方）と、彼の妻アイリーン、そして、女性小説家キャサリン・バーデキンとの交流を通して描いた。

【作者コメント】『国家と芸術家シリーズ』第3作目。第二次世界大戦時の日本を、勝戦国イギリスの視点から見ることを大事にして、私自身のアジアの演劇人との交流の経験（日本人は、歴史的に侵略・占領した側の人間であるという意識）を重ねながら執筆。二〇二四年には、韓国で翻訳されてリーディング上演される予定。

第29回公演
カレル・チャペック　水の足音
10月7～10日　東京芸術劇場　シアターウエスト
出演：二條正士、根本大介、岡田篤弥、今泉舞、山村茉梨乃、岡崎さつき、柳内佑介、井上一馬、勝田智子、河波哲平、佐藤慶太、佐藤勇輝、星野真央、堀慎太郎、松浦プリシラ亜梨紗

【内容紹介】カレル・チャペックの作家人生を、チェコスロバキア共和国の誕生と消滅（一九一八～三九年）の出来事と対比させながら、カレルが、国家や民主主義とどう向き合い、ファシズムにどう抵抗したのか、を描く。兄で芸術家（画家・作家）のヨゼフ、恋人（やがて妻になる）で女優のオルガ、ユダヤ人の親友ランゲル、交流のあったチェコスロバキアの初代大統領トマーシュ・マサリク、ドイツ系住民ギルベアタ・ゼリガー等が活躍する群像劇。令和4年度北海道戯曲 最終候補作。

【作者コメント】『国家と芸術家シリーズ』第4作目。『国家と芸術家シリーズ』は、メディア論にもなるように構想しており、ケストナーでは映画を、藤田嗣治では絵画を、オーウェルではラジオを、そして、チャペックでは言語を、国家がどのように統制しようとしたのかを考えられる作品にした。

2023年

第30回公演
犬と独裁者
7月21～30日　下北沢・駅前劇場
出演：玉置祐也、佐乃美千子、金井由妃、二條正士、武田知久、矢代朝子

[著者略歴]

鈴木 アツト (すずき・あつと)
1980年 東京都生まれ。劇作家、演出家。
2003年に劇団印象 -indian elephant- を旗揚げ。2012年「青鬼」で若手演出家コンクール2012優秀賞と観客賞受賞。2015年 国際交流基金アジアセンター アジアフェローとしてタイに2ヶ月滞在。その後、文化庁新進芸術家海外研修制度研修員としてロンドンに10ヶ月留学。2019年 ポーランドのドルマーナ劇場から招聘され、幼児向け作品「Ciuf Ciuf!」(作・演出)を滞在創作。

犬と独裁者

2023年8月10日　初版第1刷発行

著　者　鈴木アツト
発行所　有限会社 而立書房
東京都千代田区神田猿楽町2丁目4番2号
電話 03(3291)5589 / FAX 03(3292)8782
URL http://jiritsushobo.co.jp

印刷・製本　株式会社 丸井工文社

落丁・乱丁本はおとりかえいたします。

Printed in Japan
ISBN 978-4-88059-438-5　C0074
装幀・沼上純也　装画:大野 舞

ニック・ウォーラル／佐藤正紀 訳

モスクワ芸術座

2006.3.25 刊
四六判上製
368 頁
本体 3000 円（税別）
ISBN978-4-88059-312-8 C0074

現代演劇に最も大きな影響を与えたモスクワ芸術座の全貌を初めて明らかにした好著。スタニスラフスキー、ダンチェンコ、メイエルホリド、チェーホフ、ゴーリキ……などの果たした役割やそれぞれの関係を読み取ることができよう。

武田 清

新劇とロシア演劇 築地小劇場の異文化接触

2012.3.31 刊
Ａ５判上製
432 頁
本体 4000 円（税別）
ISBN978-4-88059-363-0 C0074

日本の近代演劇と切っても切れない関係を持つロシア演劇。その関係を異文化接触と受容の位相から鮮やかに読み解いた。その実証と鋭利な論理は、日露演劇関係史論を新たな段階に導いてくれる。

アリソン・ホッジ／佐藤正紀ほか 訳

二十世紀俳優トレーニング

2005.11.25 刊
四六判上製
512 頁
本体 4000 円（税別）
ISBN978-4-88059-302-9 C0074

スタニスラフスキイなど 20 世紀を代表する演劇思想を俯瞰して、21 世紀の演劇を展望する——他にアドラー、P･ブルック、チェイキン、M･チェーホフ、J･コポー、グロトフスキ、リトルウッド、マイズナー、ストラスバーグ、メイエルホルド、など。

永井 愛

鷗外の怪談

2021.11.25 刊
四六判上製
160 頁
本体 1500 円（税別）
ISBN978-4-88059-431-6 C0074

社会主義者への弾圧が強まる明治時代。森鷗外は、陸軍軍医エリートでありながら、言論弾圧に反対する文学者という相反するふたつの顔をもっていた。その真意はどこにあったのか……。さまざまな顔をもつ人間・鷗外を浮き上がらせる歴史文学劇！

坂手 洋二

ブレスレス／カムアウト 新版

2022.7.25 刊
四六判並製
248 頁
本体 1800 円（税別）
ISBN978-4-88059-435-4 C0074

街角に忘れられた、ゴミ袋の中の嵐——事実のはるか向こうに「ある」ものを撃ち続ける、坂手洋二の初期傑作戯曲２編。第 35 回岸田國士戯曲賞受賞作「ブレスレス」と、同性愛を正面から見据える問題作「カムアウト」。

マキノノゾミ

赤シャツ／殿様と私

2008.11.25 刊
四六判上製
296 頁
本体 1800 円（税別）
ISBN978-4-88059-349-4 C0074

漱石の『坊ちゃん』の敵役・赤シャツを、気の弱い、気配りの多い近代日本の知識人に仕立て直した野心作——「赤シャツ」。明治維新で、自我を知った殿様の悲哀と諦念と開き直りを描く——「殿様と私」。